Tucholsky Wagner Zola Scott Sydow Freud Schlegel
Turgenev Wallace Fonatne
Twain Walther von der Vogelweide Fouqué Friedrich II. von Preußen
Weber Freiligrath Frey
Fechner Fichte Weiße Rose von Fallersleben Kant Ernst Richthofen Frommel
Engels Fielding Hölderlin
Fehrs Faber Flaubert Eichendorff Tacitus Dumas
Feuerbach Maximilian I. von Habsburg Fock Eliasberg Zweig Ebner Eschenbach
Ewald Eliot Vergil
Goethe Elisabeth von Österreich London
Mendelssohn Balzac Shakespeare Dostojewski Ganghofer
Trackl Stevenson Lichtenberg Rathenau Doyle Gjellerup
Mommsen Tolstoi Hambruch
Thoma Lenz Hanrieder Droste-Hülshoff
Dach Verne von Arnim Hägele Hauff Humboldt
Karrillon Reuter Rousseau Hagen Hauptmann Gautier
Garschin
Damaschke Defoe Hebbel Baudelaire
Descartes
Wolfram von Eschenbach Dickens Schopenhauer Hegel Kussmaul Herder
Bronner Darwin Melville Grimm Jerome Rilke George
Campe Horváth Aristoteles Bebel Proust
Bismarck Vigny Barlach Voltaire Federer Herodot
Gengenbach Heine
Storm Casanova Tersteegen Gilm Grillparzer Georgy
Chamberlain Lessing Langbein Gryphius
Brentano Lafontaine
Strachwitz Claudius Schiller Kralik Iffland Sokrates
Katharina II. von Rußland Bellamy Schilling
Gerstäcker Raabe Gibbon Tschechow
Löns Hesse Hoffmann Gogol Wilde Gleim Vulpius
Luther Heym Hofmannsthal Klee Hölty Morgenstern Goedicke
Roth Heyse Klopstock Kleist
Luxemburg Puschkin Homer Mörike Musil
La Roche Horaz
Machiavelli Kierkegaard Kraft Kraus
Navarra Aurel Musset Lamprecht Kind Kirchhoff Hugo Moltke
Nestroy Marie de France
Laotse Ipsen Liebknecht
Nietzsche Nansen Ringelnatz
Marx Lassalle Gorki Klett Leibniz
von Ossietzky May vom Stein Lawrence Irving
Petalozzi Knigge
Platon Pückler Michelangelo Kock Kafka
Sachs Poe Liebermann Korolenko
de Sade Praetorius Mistral Zetkin

Der Verlag tredition aus Hamburg veröffentlicht in der Reihe **TREDITION CLASSICS** Werke aus mehr als zwei Jahrtausenden. Diese waren zu einem Großteil vergriffen oder nur noch antiquarisch erhältlich.

Symbolfigur für **TREDITION CLASSICS** ist Johannes Gutenberg (1400 — 1468), der Erfinder des Buchdrucks mit Metalllettern und der Druckerpresse.

Mit der Buchreihe **TREDITION CLASSICS** verfolgt tredition das Ziel, tausende Klassiker der Weltliteratur verschiedener Sprachen wieder als gedruckte Bücher aufzulegen – und das weltweit!

Die Buchreihe dient zur Bewahrung der Literatur und Förderung der Kultur. Sie trägt so dazu bei, dass viele tausend Werke nicht in Vergessenheit geraten.

Krates und Hipparchia

Ein Seitenstück zu

Christoph Martin Wieland

Impressum

Autor: Christoph Martin Wieland
Umschlagkonzept: toepferschumann, Berlin

Verlag: tredition GmbH, Hamburg
ISBN: 978-3-8424-1454-9
Printed in Germany

Rechtlicher Hinweis:
Alle Werke sind nach unserem besten Wissen gemeinfrei und unterliegen damit nicht mehr dem Urheberrecht.

Ziel der TREDITION CLASSICS ist es, tausende deutsch- und fremdsprachige Klassiker wieder in Buchform verfügbar zu machen. Die Werke wurden eingescannt und digitalisiert. Dadurch können etwaige Fehler nicht komplett ausgeschlossen werden. Unsere Kooperationspartner und wir von tredition versuchen, die Werke bestmöglich zu bearbeiten. Sollten Sie trotzdem einen Fehler finden, bitten wir diesen zu entschuldigen. Die Rechtschreibung der Originalausgabe wurde unverändert übernommen. Daher können sich hinsichtlich der Schreibweise Widersprüche zu der heutigen Rechtschreibung ergeben.

Text der Originalausgabe

Christoph Martin Wieland
Krates und Hipparchia
Ein Seitenstück zu
Geschrieben im Jahre 1804

I.
Leukonoe an ihre Nichte Hipparchia

Wenn ich je um dich verdient habe, als deine zweite Mutter betrachtet zu werden, liebe Hipparchia: wenn es wahr ist, was du mir so oft in der unzweideutigsten Sprache des Gefühls versichert hast, daß du mich als solche liebest – Doch, wozu dieser feierliche Eingang, als hätt ich etwas mit dir vor, wobei ich dein Herz auf meine Seite zu bringen suchen müßte, um deinen Verstand desto eher überraschen zu können? – Dies ist keineswegs der Fall, und was hälfe mir auch eine so wenig verdeckte List bei einem so besonnenen Mädchen wie du? Nein, liebste Nichte, dieser Eingang sollte dir nur sagen, daß mir die Sache, wovon ich mit dir zu reden habe, sehr am Herzen liegt, und daß du mich überaus glücklich machen würdest – aber das sieht ja schon wieder einer Bestechung ähnlich? Also, ohne Vorrede, mein Kind!

Dein Vater hat mir aufgetragen, dich zu benachrichtigen, daß sein alter Freund und Stammgenoß **Chabrias** für seinen Sohn **Leotychus** um dich angehalten habe.

Daß der Vater für einen der angesehensten und reichsten Bürger von Athen gehalten wird, ist dir bekannt; weniger vielleicht, daß unter unsern schönsten und gebildetsten Jünglingen nicht viele sind, die dem Sohne den Vorzug streitig machen könnten. Aber was du, wie ich besorgen muß, am besten kennst, ist die unbegrenzte Güte deines Vaters gegen dich, die ich, wie groß auch meine eigene Liebe zu dir ist, Schwachheit nennen würde, wäre ich nicht gewiß, daß deine ungemeine Ähnlichkeit mit deiner seligen Mutter[1] , die wahre Quelle derselben ist. Schreib es bloß einem aus dieser vielleicht übermäßigen Güte entspringenden Zartgefühl zu, daß er, statt dir seinen **Willen** selbst anzukündigen, **mich** zur Auslegerin und Fürsprecherin seiner **Wünsche** bei dir erbeten hat. Er hat sein Ver-

---

[1] Diese Art unsrer verstorbenen nahen Anverwandten zu erwähnen, scheint bei den Griechen schon vor Einführung der christlichen Religion gebräuchlich gewesen zu sein. Eines Beispiels davon erinnere ich mich aus Lucians Lügenfreund, wo der angebliche Philosoph Eukrates erzählt, wie ihm seine selige Frau an hellem Tag erschienen sei, um sich zu beklagen, daß nur einer von ihren vergoldeten Schuhen mit ihrem Leichnam verbrannt worden.

sprechen, deinem Herzen keinen Zwang anzutun, nicht vergessen. Aber dagegen erwartet er auch, daß seine schon so oft bewährte Nachsicht gegen **deine** Wünsche, dich desto williger machen werde, den seinigen entgegen zu kommen, wenn sie, so augenscheinlich wie im gegenwärtigen Fall, dein eigenes Bestes zur Absicht haben. Du hast bereits vier oder fünf Freier abgewiesen, unter denen keiner war, der nicht zwanzig andern Mädchen deinesgleichen willkommen gewesen wäre. Auch haben sie sich bereits durch Verbindungen mit den ersten Häusern der Republik für deine Verachtung entschädigt. Du machtest gegen jeden von ihnen Einwendungen, denen unsre Parteilichkeit für dich mehr Gewicht beilegte, als sie billig hätten haben sollen.

Indessen hat dich unvermerkt dein vierundzwanzigstes Jahr überschlichen, und deine Blütezeit eilt zu Ende. Hoffentlich ist es nicht deine Meinung, eine Priesterin der **Athene** oder **Artemis** zu werden, und dem besten der Väter die Freude zu versagen, sich in einem Sohn seiner einzigen Tochter wieder aufleben zu sehen. Was könnte dich also abhalten, ihm diesmal zu Gefallen zu sein, da er deine Verbindung mit dem Sohne seines besten Freundes eifrig wünschet? Ich habe mich, weil sonst keine Einwendung gegen den jungen Leotychus möglich ist, unter der Hand nach seinen Sitten und seiner bisherigen Lebensweise aufs genaueste erkundiget. Er steht in einem sehr guten Ruf. Er soll ein vorzüglicher Redner sein, und in allen edlern Leibesübungen nicht seinesgleichen haben. Der Stadtpfleger **Demetrius**[2] selbst hat in öffentlicher Gesellschaft sehr vorteilhaft von ihm gesprochen. Kurz, das Einzige, was an ihm auszusetzen ist, – und was ich dir hätte verheimlichen können, wenn ich nicht ganz offenherzig gegen dich sein wollte – ist, daß er seit einiger Zeit die Tänzerin **Lycänion** aus Lesbos unterhalten haben soll, welcher ich (um nicht ungerecht zu sein) nachsagen muß, daß sie für die bescheidenste und sittigste ihres Gelichters bekannt ist. Leotychus hat indessen seinem Vater feierlich zugesagt, daß er

---

[2] Die Rede ist von dem berühmten Demetrius Phalereus, der von K. Kassander, Antipaters Sohn, vier Jahre nach Alexanders des Großen Tod, unter dem Namen Επιμελητης της πολεως zum Oberbefehlshaber in Athen erhoben wurde. Ich habe für eine beinahe wörtliche Übersetzung des griechischen Epimeletes kein passenderes Wort gefunden, als den Amtsnamen der beiden obersten Magistratspersonen der ehmaligen Reichsstadt Augsburg, Stadtpfleger.

sie von dem Augenblick an verabschieden werde, da er sich Hoffnung machen dürfe, deine Hand zu erhalten, und der Vater verbürgt sich für die Erfüllung dieses Versprechens.

Ich brauche kaum hinzuzusetzen, daß die vorgeschlagene Heirat den Beifall beider Familien hat, und daß kein Zweifel ist, auch dein abwesender Bruder (dessen Rückkunft aus Sicilien nahe ist) werde große Zufriedenheit über eine Verbindung zeigen, die ihm seinen Weg in der Republik nicht wenig erleichtern wird.

Ziehe nun das alles in reife Überlegung, liebe Hipparchia, und setze mich bald durch eine gefällige Antwort in den Stand, deinem Vater einen schönen Beweis zu geben, daß du nicht nur die Gestalt, sondern auch das Gemüt deiner edeln Mutter geerbt habest, die immer ihr höchstes Glück darin fand, sich ihren Pflichten aufzuopfern.

Deine Antwort wird mich auf meinem Landgute unweit **Munychia**[3] finden, wo ich mich, häuslicher Angelegenheiten wegen, einige Dekaden aufzuhalten genötiget sein werde. Lebe wohl!

Den 7ten Thargelion. (Mai.)

---

[3] Letzteres ist der Name eines der drei Häfen von Athen, nach welchem auch die umliegende Gegend benannt wurde, die einen eigenen Demos (d. i. einen kleinen Kanton, ein Landstädtchen, oder einen Flecken mit der dazu gehörigen Flur) ausmachte. Attika war in hundertundvierundsiebzig solcher Kantons abgeteilt.

II.
Hipparchia an Leukonoe

Ganz gewiß, ehrwürdige Leukonoe, hattest du weder beschwörender Formeln, noch herzgewinnender Beweggründe nötig, um mein Verlangen, dem gütigsten Vater, so viel in meinem Vermögen steht, immer gefällig zu sein, zu Gunsten des Antrags, den du mir in seinem Namen getan hast, in Bewegung zu setzen.

Wäre die Rede von etwas, wobei es nur auf das Opfer eines Vergnügens oder Vorteils, einer Laune oder Leidenschaft, ankäme: so dürfte ich mich beklagen, wenn du nur einen Augenblick zweifeln könntest, daß deine Hipparchia immer dazu bereit sei.

Aber bei einer Sache, wo das Schicksal meines ganzen Lebens, oder vielmehr, wo das Einzige, was dem Leben einen Wert in meinen Augen gibt, auf dem Spiele steht, daß ich bei einer solchen Sache mit meiner innersten Seele zu Rat gehe, und vor allem auf die **Stimme** horche, die, nach meiner Überzeugung, **aller Göttersprüche heiligster** ist, wirst du selbst nicht mißbilligen: und in dieser Rücksicht ist es glücklich für mich, daß ich bereits über die Jahre der ersten Jugend hinaus bin, wo man eben so leicht Gefahr läuft, durch schüchterne Nachgiebigkeit oder zärtliche Gefälligkeit gegen andere, als durch eigene Unerfahrenheit, Leichtsinn oder ungezügelte Leidenschaften, zu Schritten verleitet zu werden, auf welche öfters die bitterste Reue folgt.

Ich bin gewiß, mein Vater würde die angetragene Verbindung nicht wünschen, wenn es ihm auch nur zweifelhaft schiene, ob er mein Glück dadurch befördern werde. Tausend andere Mädchen würden sich vielleicht selig preisen, wenn die Wahl des alten Chabrias auf sie gefallen wäre. O warum mußte sie gerade auf die einzige fallen, die weder Sinn noch Herz für ein Gut hat, um welches so viele andere sie beneiden würden!

Mein Vater liebt seine Tochter; aber – **Adrastea verzeihe mir**, wenn ich ihm unrecht tue! – er sieht in seiner Tochter nicht **sie selbst**; er sieht nur das geliebte Bild seiner **Artemidora** in ihr. Die sanfte, genügsame, den Pflichten der Gattin, der Mutter, der Hausfrau allein lebende Artemidora, die einst aus bloßem Gehorsam gegen ihre Eltern die Seinige geworden war, und ihn doch so glücklich gemacht hatte, wäre vermutlich für jeden andern, den ihr Vater für sie ausgewählt hätte, eben dieselbe gewesen: der Mann, mit welchem sie sich unglücklich gefühlt hätte, müßte eines so liebenswürdigen Weibes gänzlich unwürdig gewesen sein. Warum sollte nun mein Vater von ihrer und seiner Tochter nicht dasselbe erwarten dürfen? Was könnte sie an dem Jüngling, der ihr angetragen wird, auszustellen haben? Er ist schön, reich und von edelem Hause; er hat sich bereits die gute Meinung seiner Mitbürger erworben; das Haupt der Republik spricht gut von ihm: er ist sogar bereit, die reizende Lycänion mit der Unbekannten zu vertauschen, die sein Vater für ihn ausgesucht hat. Was kann ein gutes Mädchen mehr verlangen? Welche Attische Tochter würde nicht stolz darauf sein, das Weib eines solchen Mannes zu werden?

Aber, beste Leukonoe, ist es **meine** Schuld, wenn ich unter Tausenden auch die einzige wäre, die, von allen diesen Vorzügen wenig gerührt, noch mehr verlangte? die einzige, die sich nicht entschließen könnte, sich diesem oder irgend einem andern Manne aufzuopfern? Daß mein Vater kein solches Opfer von mir **fordern** wird, dafür bürgt mir sein feierlich gegebnes Wort. Oder war es etwa bloß Anwandelung einer zärtlichen Laune gegen ein begünstigtes Kind, dessen Bitten er in einem schwachen Augenblick nicht zu widerstehen vermochte? Wehe mir, wenn ich dies von meinem edeln Vater denken könnte! Nein! Er erkannte die Rechtmäßigkeit meiner Bitte, und bewilligte sie, weil er die väterliche Gewalt nicht mißbrauchen wollte. Er wußte, daß bei der Wahl eines Gatten das Glück **meines** Lebens, nicht das **seinige**, auf dem Spiel stehe, und daß Ihm kein anderes Recht dabei zukomme, als **meine** Wahl zu **leiten**, nicht mir die **seinige aufzudringen**; mich zurückzuhalten, wenn das unerfahrne Mädchen, von ihren Augen oder einem andern blinden Trieb verführt, sich unbedachtsam ins Unglück stürzen wollte, nicht sie zu zwingen, gegen ihr **eigenes Gefühl** sich glücklich genug zu glauben, wenn sie es in **seiner Meinung** sei. So dachte mein gütiger Vater, als er mir die Freiheit zugestand, den Mann, **mit** welchem, und **für** welchen ich leben und sterben sollte, selbst zu wählen. Ob ich jemals in den Fall kommen werde, von dieser **Freiheit zu wählen** Gebrauch zu machen, wissen die Götter: da sie aber auch das **Recht zu verwerfen** in sich schließt, so wünschte ich allen weitern Bewerbungen durch die Versicherung zuvorzukommen, daß ich unter allen unsern Jünglingen keinen kenne, dessen Gattin ich zu sein wünschen möchte.

Nachdem ich mich einmal so freimütig herausgelassen habe, sei es mir erlaubt, noch weiter zu gehen, und ohne Zurückhaltung zu erklären: daß ich den Gedanken hasse, mich in das **Gynäceon** irgend eines Mannes zu einem Webstuhl, einem Spinnrocken und einem Dutzend Mägden einsperren zu lassen, um unter einer ehrenvollen Benennung im Grunde weder mehr noch weniger als die **gesetzmäßige Beischläferin** eines Gebieters zu sein, der mir, in den ersten zwei oder drei Monaten, mit einer Zudringlichkeit, die ich für **Liebe** nehmen müßte, das Recht abgekauft zu haben glauben würde, mich, mein ganzes übriges Leben durch, der Unterhaltung mit mir selbst, der Kinderstube, und den Geschäften einer Oberschaffnerin seines Hauses zu überlassen, unbekümmert, ob die Erfüllung dieser Pflichten zu Befriedigung meiner wesentlichsten Triebe hinreichend sei oder nicht. Unsre griechischen Männer sind, nach dem Beispiel der morgenländischen, seit undenklichen Zeiten gewohnt, den **einzigen** Vorzug, den die Natur ihnen vor uns zugeteilt hat, die Stärke ihrer Knochen und Sehnen, zu unsrer Unterdrückung zu mißbrauchen, und uns in Schranken einzuzwängen, worin die Entwicklung unsrer edelsten Kräfte beinahe unmöglich ist. Wie? hat **Prometheus** den göttlichen Funken nicht auch in **unsre** Brust gesenkt? Oder hat er (wie der Dichter **Simonides** fabelt) unsre Seelen von Katzen, Hunden, Affen, Schweinen und andern Tieren gestohlen[4]? – Halte mich nicht für so unverständig, liebe Leukonoe, daß ich die Verdienste der Frauen, die sich auf eine kluge und edle Ausübung ihrer häuslichen Pflichten einschränken, verkenne, oder zu verkleinern suchen sollte. Gewiß sind sie dadurch sehr achtenswürdige Bestandteile des Gemeinwesens: es sei nun, daß ihre Anlagen wirklich nicht weiter reichen, oder daß sie sich freiwillig einer Art von Beschäftigung widmen, wodurch sie den Ihrigen am nützlichsten zu sein glauben. Ich verehre die Letztern nach dem Grade von Tugend, der zu einer solchen Selbstverleugnung erfor-

---

[4] Dieses dem schönen Geschlecht wenig schmeichelnde Dichterwerkchen hat sich bis auf unsre Zeit erhalten, und ist das 17te der Überbleibsel, welche Brunck unter der Rubrik Simonides dem 1sten Teil seiner Analecta vet. poët. graec. einverleibt hat.

dert wird. Wenn aber ein weibliches Wesen Trieb und Kraft in sich fühlt, weiter zu gehen; wenn eine Seele in ihm erwacht, die sich den Seelen der edelsten unter den Männern nahe genug verwandt fühlt, um, wie sie, nach geistiger Schönheit und geistigen Genüssen, nach einer höhern Vollkommenheit, kurz nach dem Glück zu trachten, dessen diejenigen teilhaft werden, die sich über die Nebel des Wahns und der Leidenschaften in das Element der Wahrheit und Freiheit erhoben haben: wie sollt es da Pflicht für die arme aufstrebende Psyche sein, sich, gleich einem von spielenden Kindern gefangenen und an einem Faden zu ihrer Belustigung hin und her flatternden Schmetterling, von Amorn oder Hymenäus an eine unzerreißbare Kette legen, oder, wie die **Psyche** des **Milesischen Märchens**,[5] zu niedrigen Sklavenarbeiten und qualvollen Entbehrungen verdammen zu lassen?

Ich kann und will es nicht länger verhehlen, daß ich eines dieser lüftigen Wesen bin, und es mir ganz und gar nicht zuträglich fühle, lebenslänglich zu Mägden und Nachbarinnen in einen wohlvergitterten Frauenzwinger, wie in einen zierlichen **Wachtelnschlag**, eingeschlossen zu werden.

Was **willst** du also? wirst du mich fragen: was für Anschläge und Aussichten kannst du wohl haben, einem Schicksal zu entgehen, dem sich alle andere ehrliche Mädchen in Griechenland immer willig unterworfen haben? – Ich muß gestehen, liebe Tante, meine Aussichten sind nicht sehr tröstlich. Vierundzwanzig Jahre sind ein hübsches Alter für ein **junges Mädchen**, und ich hätte sehr unrecht gehabt, so lange zu warten, wenn das, was ich dadurch entbehrte, einen Wert in meinen Augen hätte. Das schlimmste indessen, was ich bei meiner Denkart über diesen Punkt zu befürchten habe, wäre, lebenslänglich zu bleiben was ich bin. **Es ist nicht was ich wünsche**; **muß** es aber sein, so werde ich mich darein zu finden wissen. Doch gebe ich noch nicht alle Hoffnung auf, über lang oder kurz, durch Vermittlung meines guten Genius, an einen Mann zu geraten, der für mich taugt: einen Mann, der es nicht unter seiner Würde hält, eine Verbindung auf **gleiche Vorteile** mit mir einzugehen, und was ich **ihm** an Schönheit und Vermögen zubringe, **mir** durch die

---

[5] Welches aus dem goldnen Esel des Apulejus in alle Europäischen Sprachen übersetzt und allgemein bekannt ist.

Schönheit seines Gemüts und die Schätze seines Geistes zu ersetzen. Schmeichle ich mir zu viel, liebes Mütterchen, wenn ich eines solchen Mannes wert zu sein glaube? Das wäre traurig für mich! denn gewiß, es fehlt mir nicht an gutem Willen, das meinige zu Erfüllung des löblichen Wunsches beizutragen, der meinem guten Vater so sehr am Herzen zu liegen scheint. Nur bitte ich mir nicht zuzumuten, daß ich zu einem so ernsthaften Geschäft mit einem unsrer edlen, schönen, und reichen jungen Herren in Gesellschaft trete. Das ist nun einmal, wofern nicht irgend eine unnatürliche Verwandlung mit mir vorgeht, schlechterdings unmöglich.

Den 9ten Thargelion.

III.
Leukonoe an Hipparchia

Was kann ich zu deiner Antwort sagen, Hipparchia? was soll ich von dir denken? Sage mir, um aller Götter willen, Mädchen, wo nimmst du all das seltsame Zeug her, das du dir in den Kopf gesetzt hast? Doch, ich merke nur zu wohl, daß es die Früchte der Freiheit sind, die dir dein Vater, seit dem Ableben meiner guten Schwester, unvermerkt zugestand. Es wollte mir nie gefallen, daß du immer mehr Lust hattest, über Büchern, die wir Weiber nicht verstehen und die nicht für uns geschrieben sind, als an deinem Spinnrocken zu sitzen, und lieber Briefchen an deine Freundinnen kritzeltest, als die Küchenrechnung führtest. Wie oft habe ich deinen Vater gewarnt, sich vor deinen Schleichereien in seine Bücherkammer in acht zu nehmen! Aber so geht es, wenn man zu viel Nachsicht gegen euch junge Schwindelköpfe hat!

Zu unsrer Großmütter Zeiten war ein Mädchen gelehrt genug, wenn sie ein halb Dutzend Äsopische Fabeln auswendig wußte, und einen leslichen Marktzettel zu Stande bringen konnte. Je weniger sie **sah**, je weniger sie **hörte**, je weniger sie **fragte, desto besser erzogen** war sie.[6] Die edelgeborensten Jungfrauen von Athen trugen an den **Panathenäen** die heiligen Körbe darum nicht mit weniger Anstand und Grazie auf ihren leeren Köpfen, als wenn sie mit ganzen Schiffsladungen philosophischer Spinneweben ausgestopft gewesen wären; und keine ehrbare Matrone in ganz Attika ließ sichs nur im Traum einfallen, mit ihrem Mann auf **gleichem** Fuße leben zu wollen, und sich über **Unterdrückung** zu beklagen, weil Gesetz und alte Sitte uns von jeher ein abgesondertes Frauengemach, wo wir allein regieren, eingeräumt haben.

Aber wozu sage ich dir das? Du hast, wie ich sehe, deinen Plan gemacht, und beinahe muß ich glauben, du kennst auch den **Mann**

---

[6] Dies sind die eignen Worte des wackern Landmanns Ischomachus in Xenophons Ökonomikus, wo er (Cap. VII. §. 5.) von seiner Frau sagt: »Was hätte sie, als ich sie in einem Alter von kaum 15 Jahren heiratete, wissen sollen, da man sich bei ihrer Erziehung alle mögliche Mühe gegeben hatte, daß sie so wenig als möglich sah, so wenig als möglich hörte, so wenig als möglich fragte.«

schon, mit dem du deine Verbindung **auf gleiche Vorteile**, wie du es nennst, zu schließen gesonnen bist. Wir werden acht haben müssen, daß uns der Schmetterling nicht einmal unversehens mit dem Faden um den Leib davon fliege.

Doch so schlimm kann ich von der Tochter meiner Schwester nicht denken. Wahrlich wir haben es nicht um dich verdient, daß es dir so gleichgültig sei, ob du uns Kummer oder Freude machest.

Ich habe weder Zeit noch Lust, über das, was du deine Denkart nennst, mit dir zu streiten. Nur eins will ich dir sagen, und ich bitte dich, nimm es wohl zu Herzen! Ich erinnere mich von meiner seligen Mutter, die eine sehr kluge Frau war, gehört zu haben, daß die schöne und in der Folge nur allzu berüchtigte **Lais** von Korinth gerade durch die nämliche Art zu denken, worauf du dir so viel zugute tust, durch denselben Abscheu vor den herkömmlichen Einschränkungen unsers Geschlechtes, durch dieselbe Begierde, alle Vorrechte der Freiheit mit dem männlichen zu teilen, und durch den nämlichen heroischen Mut, sich über die sogenannten Vorurteile und die öffentliche Meinung hinwegzusetzen, endlich so weit gekommen sei, daß sie sich auch über die **Scham** hinweggesetzt, und keine Scheu getragen, sich an die Spitze einer Klasse von Frauenspersonen zu stellen, deren bloßer Name die Lippen einer ehrbaren Frau beflecken würde. Ich erwähne dieser Unglücklichen nicht, als ob ich dich nur des flüchtigsten Gedankens, ihrem Beispiel zu folgen, fähig glaubte. Aber wenn ich dich von demselben Blendwerk bezaubert sehe, in dessen Verfolgung sie ihren Untergang fand, könntest du mir übel nehmen, daß ich dich von einem Wege zurückrufe, worauf du unvermerkt mit ihr zusammen treffen würdest?

Wähne übrigens nicht, Hipparchia, daß dein Vater einer Verbindung, von welcher er sich das Glück seiner alten Tage verspricht, so leicht entsagen werde. So lange du nichts besonderes und erhebliches gegen Leotychus einzuwenden vermagst, werden wir uns nie bereden, daß es dir mit seiner Verwerfung Ernst sei. Man wird dir Zeit lassen dich eines Bessern zu besinnen, und **Lamprokles** wird sich hoffentlich in der Erwartung, daß er eine eben so gehorsame als gelehrte Tochter habe, nicht betrogen finden.

Den 12ten Thargelion.

IV.
Melanippe an Hipparchia

Ich eile dir zu melden, daß unsre ehrliche Blumenhändlerin **Myrto** mir diesen Morgen durch ein mit Behutsamkeit in einen großen Blumenstrauß verstecktes Briefchen zu wissen getan hat, daß sie uns ihr Gartenhäuschen zu dem bewußten Gebrauch nicht länger überlassen könne. Sie sei gewiß, sagt sie, daß wir beobachtet würden. Eine ihr wohlbekannte Sklavin aus deinem Hause sei gestern den ganzen Morgen mit unruhig hin und her flatternden Blicken um ihren Garten herumgeschlichen, als ob sie ausspähen wollte, wer hinein und heraus gehe. Mittags sei das Mädchen von einer andern, und diese abends von einer dritten, abgelöst worden; auch habe sich heute früh schon wieder eine auf der Lauer eingefunden, welche sie auf den ersten Blick für eine der gestrigen erkannt habe. Offenbar seien die Sklavinnen dazu befehligt, und wir könnten also, ohne Gefahr für sie und uns, nicht länger in ihrem Häuschen zusammen kommen. Du siehest, Liebe, wie glücklich es war, daß ich gestern verhindert wurde, dir unser gewöhnliches Zeichen zu geben. Das Sicherste wird vor der Hand sein, daß wir uns einige Tage gedulden, bis wir wieder einen schicklichen Ort zu unsrer **Metamorphose** ausgefunden haben. Es versteht sich, daß du dir nicht die geringste Unruhe anmerken lässest, aus- und eingehest wie gewöhnlich, und mit keiner Miene verrätst, daß etwas vorgefallen sei, das dich verdrießt. Verlaß dich indessen auf meinen bewährten Diensteifer, liebste Freundin; du kannst es mit desto vollkommnerer Zuversicht, da er nicht uneigennützig genug ist, um sehr verdienstlich zu sein.

Den 12ten Thargelion.

V.
Hipparchia an Melanippe

Meine Base ist noch auf ihrem Gute, und ich habe diesen Morgen eine Unterredung mit meinem Vater gehabt, die mich von einem großen Teil der Unruhe, in welche mich dein letztes Briefchen setzte, erleichtert hat. Sie verhalf mir zu drei wichtigen Entdeckungen: die erste, daß unser Geheimnis bis itzt noch nicht verraten ist; die zweite, daß meine Verbindung mit dem Sohne des Chabrias meinem Vater bei weitem nicht so sehr am Herzen liegt, als Leukonoe mich glauben machen wollte; die dritte, daß sie selbst und die Mutter des Leotychus **Hermotima**, ihre vertrauteste Freundin, die wahren Stifterinnen der vorgeschlagenen Ehe sind, und (wie ich nicht zweifle) **diese** dem Manne, **jene** dem Schwager so lange in den Ohren gelegen, bis beide für ihren Plan gewonnen wurden. Dies habe ich wenigstens, mit Hülfe **meines Dämonions**, aus einigen meinem Vater entfallenen Worten herausgebracht, und es sieht meiner guten, vielgeschäftigen, und für ihr Leben gern Heiraten stiftenden Tante zu ähnlich, als daß ich nicht recht geraten haben sollte. Dies gibt uns nun auch Licht über die drei Kundschafterinnen, von welchen Myrto dir geschrieben hat. Leukonoe führt, seit dem Tode meiner Mutter, eine Art von Oberaufsicht über meines Vaters Hauswesen, und hat, in der löblichen Absicht, – von allen, auch den unbedeutendsten, Dingen, die in einem großen Hause wie das unsrige vorfallen, aufs genaueste unterrichtet zu sein, – zwei oder drei von unsern Sklavinnen durch kleine Geschenke und anscheinende Vertraulichkeit dermaßen an sich gezogen, daß die Dirnen sich zu allem, was sie will, gebrauchen lassen. Vermutlich ist ihr etwas zu Ohren gekommen, das sie auf den Argwohn gebracht hat, es stecke ein Geheimnis hinter meinen öftern Besuchen bei der Blumenhändlerin, und sie wird nicht ruhen, bis sie es ausgegattert hat. Vielleicht habe ich ihr wohl selbst durch ein voreiliges Wort, das ich in meinem Briefe an sie fallen ließ, einen Verdacht gegen mich gegeben. Ich werde nun desto mehr auf meiner Hut sein, und da sie **List** gegen mich gebraucht, warum sollte ich Bedenken tragen, mich zu meiner Notwehr ihrer eigenen Waffen zu bedienen?

Ich täusche mich vielleicht, aber mir ist, als sage mir eine geheime Ahnung, daß mein Schicksal am Punkt ist, auf die eine oder andere Art zur Entscheidung zu kommen. Das dringendste ist, **Zeit** zu gewinnen, und den leidigen Freier, den mir Leukonoe aufzwingen will, so lange abzuhalten, als nur immer möglich sein wird. Dies nötigt mich, meiner Gemütsart Gewalt anzutun, und mich so gegen sie zu erklären, daß sie die Hoffnung, mich noch zu gewinnen, nicht ganz aufgeben kann. – Würde unser Lehrer dies gut heißen? – Ich fürchte, nein! Aber wie soll ich mir in einem solchen Gedräng anders helfen? Mein Vater ist die Güte selbst gegen mich; aber eben dies vermehrt die Schwierigkeiten meiner Lage; denn desto mehr muß ich mich hüten ihm nicht zu mißfallen. Ich habe mich zu einer Zusammenkunft mit Leotychus verstehen müssen, die vermutlich auf dem Landhause meiner Tante veranstaltet werden soll. Wie sie ablaufen wird, soll dir sogleich berichtet werden. Ich gedenke, mich sehr altklug aufzuführen, und dem Feinde keine Blöße zu geben, das versprech ich dir.

Den 15ten Thargelion.

Erkundige dich doch unter der Hand, ob es unserm Philosophen nicht ein wenig auffällt, daß er seine jungen Zuhörer **Melampus** und **Hipparchides** seit sieben ganzen Tagen weder im Cynosarges[7], noch unter den Platanen am Ilyssus gesehen hat?

---

[7] Cynosarges ist der bekannte Name eines der athenischen Gymnasien, d. i. zum Unterricht der Jugend in allerlei Leibesübungen eingerichteten öffentlichen Gebäude und Plätze, wo Antisthenes, Diogenes, Krates, und andre Sokratiker von der strengern Observanz (die unter dem Abernamen Cyniker, besonders in viel spätern Zeiten, durch unwürdige Glieder ihres ehrwürdigen Ordens in einen ziemlich zweideutigen Ruf gesetzt wurden) sich öfters aufzuhalten und zu lehren pflegten.

VI.
Melanippe an Hipparchia

Ein alter eisgrauer Vatersbruder meiner Mutter, der sich auf seinem Gute zu **Acharnä** aufhält, und seit mehr als dreißig Jahren nicht in die Stadt gekommen ist, hat eine Nachteule vor seinem Kammerladen singen hören, und meine Mutter deswegen durch einen Eilboten zu sich beschieden, weil er seinen letzten Tag nahe glaubt. Da sie, seitdem er seinen einzigen Sohn in der Schlacht bei **Chäronea** verlor, seine Erbin ist, so kannst du denken, wie große Eile die gute Frau hat, und wirst dich nicht wundern, daß deine Melanippe, die man zu Athen nicht zurücklassen will, vor lauter Zurüstungen nur gerade noch so viel Zeit erübrigen kann, dir ihre schleunige Abreise zu berichten. Weil mein Verwandter **Euthyphron** hier bleibt, so wird er indessen, nach seiner wohlbekannten Anhänglichkeit an uns beide, unsern Briefwechsel aufs beste besorgen. Lebe wohl.

Den 16ten Thargelion.

VII.
Hipparchia an Leukonoe

Wenn mir in meinem letzten Brief ein Wort entfahren wäre, beste Leukonoe, wodurch ich mein Pflichtgefühl gegen dich und meinen geliebten Vater in ein zweideutiges Licht gesetzt hätte, so verzeih einer unfreiwilligen Lebhaftigkeit, und sei versichert, daß ich lieber auf alle Glückseligkeit Verzicht tun, als die Befriedigung irgend eines meiner Wünsche mit der Unzufriedenheit des ehrwürdigen Greises erkaufen wollte, dem ich Leben, Erziehung und Wohltaten ohne Zahl zu danken habe. Und wahrlich nie war ich weniger fähig, ihn nur mit einem Gedanken zu beleidigen, als seitdem er die Güte gehabt hat, mir in einer Unterredung über den Gegenstand deiner Briefe sein wahrhaft väterliches Herz aufzuschließen, und mich aufs stärkste zu überzeugen, daß meine Wohlfahrt das einzige Ziel seiner Wünsche ist. Er versicherte mich, er habe seinem Freunde nicht verhalten, daß er mir schon von langem her sein Wort gegeben, meiner Neigung in der Wahl eines Gatten keinen Zwang anzutun. Indessen habe er ihm doch auch nicht alle Hoffnung benommen, daß sein Sohn durch seine ausgezeichneten Vorzüge bei näherer Bekanntschaft einen günstigern Eindruck auf mich machen könnte, als alle, deren Bewerbungen ich bisher abgelehnt; und Chabrias habe sich mit dieser Hoffnung ziemlich zufrieden bezeigt. »Vor der Hand«, fuhr mein Vater fort, »verlange ich weiter nichts von dir, als daß du dich nicht voreilig gegen Leotychus entscheidest, den ich schätze, und der in Athen allgemeinen Beifall findet. Ich werde dir auf eine schickliche Art Gelegenheit verschaffen, ihn zu sprechen, und durch dich selbst kennen zu lernen. Zwei oder drei solche Zusammenkünfte werden dazu hinreichend sein; und wenn du mir alsdann auch nur Einen haltbaren Grund einer Abneigung vor dieser Heirat geben kannst, so soll nicht weiter davon die Rede sein.«

Was für ein Herz müßte das meinige sein, wenn so viel Güte, so viel Herablassung mir nicht den Wunsch abdränge, daß ich den Sohn deiner Freundin mit **deinen** Augen möchte ansehen, und, wenn auch nicht alles, doch das Wesentlichste bei ihm finden können, was der Mann besitzen muß, mit welchem ich mich in einem so **furchtbaren** Verhältnis nicht unglücklich fühlen soll. Denn furchtbar muß es doch wahrscheinlich jeder nicht ganz unbesonnenen Jungfrau sein, die, weder vom Zauber der Liebe geblendet sich in ihrem Netze verfängt, noch von der Gewalt eines blinden Triebs, den ich nicht kenne, in die Arme eines Mannes geworfen wird. – Glaube mir, verehrte Leukonoe, auch der warme Anteil, den Du an dieser Sache nimmst, ist mir nichts weniger als gleichgültig. Indessen kann ich mich vor der Hand zu nichts verbindlich machen. Alles, was ich dir verspreche, ist, daß ich viel guten Willen, ein Paar helle Augen, und einen ruhigen Sinn zur Zusammenkunft mit dem **schönen Leotychus** mitbringen will.

Übrigens sehe ich nicht, warum es nicht eben so möglich wäre, daß, wenn wir einander in der Nähe besehen, ich ihm, als er mir mißfiele; und wenn jenes der Fall sein sollte, wär es nicht billig oder wenigstens gütig gewesen, meiner kleinen Eigenliebe eine solche Demütigung zu ersparen?

Noch Eins, liebe Tante, muß ich mir mit deiner Erlaubnis vom Herzen wegschaffen. Vermutlich hast du mir nur einen **heilsamen Schrecken** einjagen wollen, indem du mir das Beispiel der schönen **Lais** zu Gemüte führst, die von eben denselben Grundsätzen über die Rechte unsers Geschlechts ausging, wie ich, aber zu einem schlechten Ende von ihnen geführt wurde. Wirklich entsetzte ich mich selbst ein wenig über diese Ähnlichkeit, als mir unlängst die Abschrift eines Briefes in die Hände fiel, den der berühmte **Aristipp**, über seine Zusammenkunft mit der schönen Lais zu Ägina, geschrieben haben soll. Aber ich erholte mich bald wieder von meinem Schrecken: denn, trotz der Ähnlichkeit unsrer Grundsätze, waltet ein mächtiger Unterschied zwischen ihr und deiner Hipparchia vor, den du übersehen zu haben scheinst. Diese Grundsätze führten nämlich die **stolze** und **kalte Lais**, die sich alle Männerherzen unterwerfen wollte, ohne ihr eigenes dabei aufs Spiel zu setzen, geraden Weges zum **Hetärenstand**: und eben dieselben Grundsätze werden hingegen die bescheidene und ziemlich warme Hipparchia, die sich an dem Herzen Eines Mannes begnügt, und das ihrige dafür zu geben bereit ist, **dahin** führen, daß sie entweder nahezu das Muster einer guten Hausfrau darstellen, oder als Jungfrau leben und sterben wird.

Den 16ten Thargelion.

VIII.
Hipparchia an Melanippe

Die erste Zusammenkunft ist glücklich überstanden, liebe Melanippion, und die Hauptpersonen haben sich beide leidlich aus der Sache gezogen. Wenigstens hoffe ich dem schönen **Leotychus** keine Ursache gegeben zu haben, seine Tänzerin vor dem nächsten **Gamelion**[8] zu entlassen; und bis dahin ist mein Los entweder nach meinem eignen Sinn entschieden, oder – ich stehe vor nichts.

Die Szene war, wie ich vermutete, das Landgut meiner Tante, welches mit einem von den Besitztümern des reichen Chabrias unmittelbar zusammen grenzt. Man hatte mich darauf vorbereitet, daß Leotychus mich, in einiger Entfernung von der übrigen Gesellschaft, unter einer Gartenlaube wie von ungefähr überraschen würde. Er fand mich in einer von Menanders Komödien lesend. Er stellte sich betroffen, mich allein zu finden, und tat, als ob er sich aus Bescheidenheit sogleich entfernen wollte, blieb aber nichts desto weniger in einer zierlichen Stellung, die alle Grazien seiner Gestalt zusammen spielen ließ, wie eine zur Schau ausgestellte Bildsäule, vor mir stehen. Als eine solche schaute ich ihn denn auch mit weit offnen Augen an, und ergetzte mich an dem Ausdruck des stolzen Bewußtseins, womit seine großen funkelnden Augen, mehr sich selbst als mir, zu sagen schienen, daß kein armes Mädchenherz gegen eine Gestalt, wie die seinige, aushalten könne. Ich bin gewiß, die meinigen sagten ihm kein Wörtchen, das ihn in diesem süßen Wahn bestärkte. Unverblümt zu reden, sie sagten **gar nichts**; aber so etwas gewahr werden, wäre so viel gewesen, als voraus setzen daß es **möglich** sei. Er wurde also nichts davon gewahr, oder schrieb es dem dumpfen Erstaunen zu, in welches sein Anblick mich setzen müßte, und, um mir Zeit zu lassen wieder zu mir selbst zu kommen, sagte er mir viel Schönes über das unverhoffte, wiewohl lange gewünschte, Glück, mich so nahe zu sehen; während seine selbstgefällige Miene sich an meiner Statt die Antwort gab: »daß **mein** Ver-

---

[8] Gamelion hieß zu Athen der Monat, dessen größter Teil in unsern Jänner fiel, und seinen Namen von den Hochzeiten (Gamelien) hatte, die in diesem Wintermonat am häufigsten zu sein pflegten.

gnügen an dem überraschenden Anblick eines so vollkommnen Jünglings wenigstens eben so groß sei als das seinige.«

Nichts kann bequemer sein, als Zwiesprache mit einer Person zu halten, die sich das immer selbst sagt, was sie von **uns** zu hören wünscht. Ich antwortete ihm ich weiß nicht was; genug, es war so wenig, daß er es klüglich **fallen** ließ, um sich (wofern die Frage nicht zu unbescheiden sei) zu erkundigen, was für eine Leserei so glücklich gewesen, meine Aufmerksamkeit bei seinem Eintritt zu beschäftigen. Ich hatte das Buch neben mich auf die Bank gelegt, und stellte ihm frei, seine Neugier mit eigenen Augen zu befriedigen. Er bediente sich meiner Erlaubnis mit einem artigen Kompliment, und nahm, als er sah, daß es die **Andria** von Menander war, Gelegenheit von ihr, über diesen Dichter und seine Nebenbuhler einige nicht unfeine Bemerkungen zu machen. Um ein so unverfängliches Gespräch möglichst zu verlängern, verwickelte ich ihn in einen Streit über die Frage: ob **Menander** oder **Philemon** die Oberstelle unter den itztlebenden Komikern behaupte? **Leotychus** erklärte sich für die **Grazie** Menanders, ich stritt mit Zähnen und Klauen für die **Stärke** und den **Reichtum** Philemons. Darüber verging die Zeit; die Sonne war am Untergehen. Ich dankte meinem kaltblütigen Freier mit verbindlichem Lächeln für die angenehme Unterhaltung, und entließ ihn zufrieden mit sich selbst, und (wie meine Tante versichert) auch mit mir. Denn er sagte ihr, daß er den Mann glücklich preise, dem das Schicksal eine so geistvolle und gebildete Person wie deine Hipparchia zur ehlichen Beiliegerin bestimmt habe. Ich müßte mich sehr irren, wenn ihm viel mehr daran gelegen wäre dieser Glückliche zu sein, als mir selbst. Indessen, da er doch einmal seiner Familie zu Gefallen heiraten muß, so bin ich ihm, alles übrige gleich, so gut als eine andere, und, da er mich für sehr kalt halten muß, vielleicht darum nur desto anständiger. Es steht also noch immer mißlich genug um mich, meine Liebe. Aber wenn ich auch meinen Hals aus **dieser** Schlinge ziehe, wie wenig hab ich noch damit gewonnen?

Den 24sten Thargelion.

IX.
Melanippe an Hipparchia

Der alte Großoheim ist in eine Schlafsucht verfallen, die sich, wie uns der Arzt sehr bedenklich ins Ohr sagt, über lang oder kurz in den ewigen Schlaf verlieren wird. Indessen hat er, so oft er wieder aufwacht, so viel Eßlust, als ob er von vorn zu leben anfangen wollte, und so wie er mit seiner Mahlzeit fertig ist, schläft das alte Kind unter einem Liedchen, das ich ihm singe, wieder ein. Da uns nun, bei so bewandten Umständen, seine Unterhaltung viel müßige Zeit übrig läßt, so füllen wir sie aus, so gut wir können, meistens mit Besuchen, die wir unsrer zahlreichen Nachbarschaft geben, oder von ihr empfangen.

So befand ich mich, zum Beispiel, gestern in einem solchen Kränzchen von Frauen und Mädchen, teils aus der Familie, teils aus unsern Nachbarinnen. Unvermerkt fiel das Gespräch auf eine Materie, die für unser Geschlecht immer den Reiz der Neuheit behalten wird, auf die **Männer** und die **Liebe**. Von jenen wurde (wie sich von selbst versteht) viel Böses, von dieser viel Poetisches gesagt; bis endlich Eine auf den Einfall kam, zur Unterhaltung der Gesellschaft **Fragen** aufzuwerfen, über welche jede Anwesende ihre Meinung sagen sollte.

Eine dieser Fragen war: ob es wohl möglich sei, daß ein schöner Mann sich in ein häßliches Weib, oder ein schönes Mädchen sich in einen häßlichen Mann verliebe?

Um in keinen Wortstreit zu geraten, wurde vor allem ausgemacht, daß zwar von einer beim ersten Anblick auffallenden und entschiednen, aber doch nicht widerlichen und zurückstoßenden Häßlichkeit die Rede sein sollte.

Dies vorausgesetzt, wurde die Frage im allgemeinen von Einigen schlechterdings verneinend beantwortet. Schönheit des **Geliebten**, behaupteten sie, sei eine notwendige Bedingung der Liebe; Häßlichkeit könne unmöglich ein Zunder der Liebe sein. Andere meinten, man könne dies zugeben, ohne daß die Frage dadurch entschieden werde. Es gebe auch eine **geistige** Schönheit, die, ihrer Natur nach, eine viel reinere und beständigere Liebe einflöße als diejenige, die nur die Augen auf sich ziehe: eine Liebe, deren Zauberkraft mächtig genug sei, den Eindruck der körperlichen Häßlichkeit zu schwächen, ja zuletzt gänzlich aufzuheben; und in diesem Sinne könne man sagen: was man liebe, scheine dem Liebenden niemals häßlich, wie es auch andern vorkommen möge.

Die meisten Stimmen fielen dahin aus: Das letztere könnte vielleicht bei uns Weibern, aber nie bei den Männern, der Fall sein. Diese seien für eine so geistige Liebe viel zu sinnlich: wenigstens lege ein schöner Mann zu viel Wert auf seine eigene Gestalt, um ein häßliches Weib lieben zu können, wenn sie auch die leibhafte Weisheit und Tugend wäre.

Offenbar zeigten wir uns ein wenig parteiisch gegen unser eigenes Geschlecht: wäre ein Mann zugegen gewesen, er würde wahrscheinlich das nämliche von **uns** behauptet haben. Ich für meinen Teil bin indessen ziemlich geneigt zu glauben, es sei nicht schlechterdings unmöglich, daß ein sehr schönes, und oben drein ein sehr wohl erzogenes und reiches Mädchen, wie z. B. meine Freundin Hipparchia, sich in einen ziemlich häßlichen Mann, wenn er sonst recht liebenswürdig wäre, in ganzem Ernst ein wenig – verlieben könnte. Was meinst du, Schwesterchen? Sei doch so gut und sage mir deine Gedanken von der Sache, und, wenn dir anders dein Liebeshandel mit dem schönen Leotychus Zeit dazu läßt, so laß mich auch wissen, wie du eine andere Frage, die jemand in unserm Kränzchen aufwarf, beantworten würdest, nämlich: ob und wie lange es wohl möglich sein dürfte, daß ein ehrliches Mädchen, mit einem ziemlich warmen Herzchen und einem noch wärmern Kopf, eine **geheime Liebe** zu irgend einem schönen oder häßlichen Mann unter einem der **Freundschaft** abgeborgten ziemlich dünnen Schleier vor einer **vertrauten Freundin**, oder gar **vor sich selbst** verbergen könnte?

Bis dahin, daß ich deine Antwort erhalte, hoffe ich dir Nachricht geben zu können, wie unser Philosoph die fortdauernde Abwesenheit seiner noch vor kurzem so lehrgierigen Schüler Hipparchides und Melampus aufzunehmen scheint. Im Vorbeigehen: hast du **Menanders** neue Komödie, den **Selbstpeiniger**, schon gelesen? Es ist ein sehr unterhaltendes Mittelding von Charakter- und Intrige-Stück, voll Witz und Laune, und findet, wie ich höre, vielen Beifall.

Deine Zusammenkunft mit dem schönen Leotychus ist sogar zu Acharnä kein Geheimnis mehr. Es scheint, deine Tante will es absichtlich unter die Leute bringen. Du kannst also nicht genug auf deiner Hut sein, wenn es dein Ernst ist, dir diesen Freier vom Halse zu schaffen.

Den 30sten Thargelion.

X.
Hipparchia an Melanippe

Wer hätte je gedacht, daß die rüstigen und kernhaften **Acharnerinnen**[9] sich mit so spitzfindigen Untersuchungen in ihren Kränzchen unterhielten? Du bist ein schelmisches Mädchen, Melanippe, aber ich verzeihe dir um der Erfindung willen, und zum Beweis, daß es mir von Herzen geht, will ich dir alles gestehen – was du schon lange weißt, nämlich: daß du eine eben so schlechte Meisterin in der Kunst, ein Herzensgeheimnis **auszufinden**, als ich, es zu **verbergen**, sein müßtest, wenn du nicht durch den **dünnen Schleier**, unter welchem ich, wie ein verschämtes Kind, recht gut versteckt zu sein glaubte, bis auf den Grund meines Herzens geschaut, und so viel gesehen hättest, daß ich dir nichts Neues mehr zu entdecken habe.

Es ist also nur zu wahr, daß ich die von dir behauptete große Wahrheit, »ein leidlich hübsches, wohl erzogenes und ziemlich reiches Mädchen könne sich in einen ziemlich häßlichen Mann in ganzem Ernst verlieben«, stark genug mit meiner eigenen Person beweise, um dich jeder andern Demonstration zu überheben. – Aber ist denn der Mann wirklich so häßlich, als du ihn zu finden vorgibst? Ich gestehe gern, daß ihn kein Bildhauer zum Modell eines **Hyacinthus** oder **Nireus**,

– des schönsten der Männer, die gegen Ilion zogen,

nehmen wird; auch ist nicht zu leugnen, daß eine seiner Schultern etwas zu hoch, seine Haare etwas zu dünn, und seine Ohren vielleicht ein wenig zu spitzig sind; daß sein Mund kleiner und seine Nase höher sein könnte, kurz, daß er dem **Sokrates** (dessen Bildsäule du im **Pompeion** oft gesehen haben wirst) nicht nur sehr ähnlich sieht, sondern in der Tat (ohne den Hängebauch des Gemahls der edeln **Xanthippe** mit in Anschlag zu bringen) eher für den schönern Mann von beiden gelten kann. Wenn nun sogar Sokrates in einer großen Gesellschaft sich mit dem schönen **Kritobulus** in einen

---

[9] Nicht nur die Esel, sondern auch die Menschen in dem Kanton Acharnä waren als ein derber Schlag berühmt, wie aus des Aristophanes Acharnern zu ersehen ist.

Wettstreit um den Preis der Schönheit[10] einlassen durfte: was für ein eitles Ding müßte Hipparchia sein, wenn sie sich **zu schön** für einen Mann hielte, der es wenigstens mit dem **schönen Sokrates** aufnehmen kann? Ernsthaft zu reden, wirst du mir einräumen müssen, daß seine Augen Geist und Feuer haben, und daß etwas sehr feines und angenehmes in seinem Lächeln ist.

Aber was bedeutet das Äußerliche, wenn von einem der edelsten, weisesten und besten aller Sterblichen die Rede ist? Du, z. B. die du seinen Geist, seine Tugenden und die Anmut seines Umgangs kennst, mußt du nicht, ohne in ihn verliebt zu sein, gestehen, daß es keinen liebenswürdigern Mann von dieser Seite gibt? Ich hoffe, du nimmst mir nicht übel, daß ich keinen ausnehme. Denn unstreitig ist in der wahren, **eigentlich** so genannten Liebe, insofern sie von bloßem Wohlwollen, und selbst von der Freundschaft im höchsten Sinn, verschieden ist, etwas Magisches, Unerklärbares, Übersinnliches, das nicht unter die gewöhnlichen Verhältnisse von Ursach und Wirkung gebracht werden kann, und worüber der Liebende nicht einmal sich selbst Rechenschaft zu geben weiß, geschweige, daß er andern welche schuldig wäre. Diesen kann daran genügen, wenn der Gegenstand unsrer Liebe der allgemeinen Achtung würdig ist: daß er auch **ihnen** so liebenswürdig vorkomme als uns, können sie nicht fordern, noch uns wegen dessen, was wir **mehr** für ihn fühlen als sie, ohne Unbilligkeit tadeln.

Du gibst mir zu verstehen, kleine Spötterin, als ob ich dir nur darum ein Geheimnis aus meiner Liebe gemacht hätte, weil ich mir nicht einmal getraue, sie mir selbst zu gestehen. Wenn du das mit einem schalkhaften Seitenblick auf meinen Freund sagst, so irrest du dich gewaltig. Bist du denn nicht selbst ein Mädchen? Weißt du nicht aus Erfahrung, daß es mit der Liebe, wie mit dem Fieber ist, wovon man den Stoff ziemlich lange mit sich herumtragen, wovon man sogar die ersten Wirkungen schon verspüren kann, ohne die Ursache zu wissen, oder ihr ihren rechten Namen geben zu können? Das Wahre an der Sache ist, daß ich die eigentliche Natur meiner Neigung selbst nicht eher zu erraten anfing, als bis mir Leukonoe den schönen Leotychus antrug. Da erst wurde mir auf einmal klar,

---

[10] Dieser scherzhafte Streit ist hoffentlich aus Xenophons Gastmahl (im Attischen Museum von mir übersetzt) bekannt genug.

daß es einen Mann gebe, mit dem ich, trotz seiner anerkannten Häßlichkeit, lieber leben möchte, als mit dem schönsten Jüngling in Athen: und ich schwöre dir bei den Grazien, von diesem Augenblick an war alles bei mir entschieden. Aber warum hätte ich eilen sollen, von einer Neigung mit dir zu reden, die nicht nur den Absichten meiner Familie entgegen, sondern dem Gegenstande derselben selbst noch unbekannt ist, und vielleicht nie erwidert wird? Was sage ich **vielleicht?** Ist es nicht mehr als wahrscheinlich, daß ein so weiser, sich selbst so streng beherrschender, über die Gewalt der Leidenschaften so hoch erhabener Mann, wenn ihm auch meine Parteilichkeit für ihn bekannt wäre, nur zu viele Beweggründe finden würde, sich nicht mit mir einzulassen? Bei dieser Lage der Sachen wirst du dich mit mir freuen, daß mich die Natur, zu aller Beharrlichkeit, die ich in mir finde, noch mit einem reichlichen Anteil Sanftmut und Geduld ausgestattet hat, (eine Andere, die mich weniger kennte als du, würde es vielleicht Unempfindlichkeit und Kälte nennen) die mein Inneres so ziemlich im Gleichgewicht erhalten, und mir Besonnenheit genug lassen, keinen falschen Schritt zu tun, und mich immer auf beide Fälle gefaßt zu halten.

Nichts ist gewisser, als daß mich ganz Athen für verrückt halten wird, wenn ich je so glücklich sein sollte, das Ziel meiner Wünsche zu erreichen, und es dann bekannt wird, daß ich einen Mann, an dem der große Haufe nichts sieht als was in die Augen fällt, und der selbst in der Meinung der Meisten, die sich an seinem Umgang ergetzen, doch nur ein Schwärmer und Sonderling ist, einem Leotychus vorzuziehen fähig war. Auch über diesen Punkt kennst du mich genug, um mir zuzutrauen, daß ich auf das alles gefaßt bin, und Mut genug habe, in einer Sache, wo mein Herz mit meinem Kopf einverstanden ist, den Urteilen der Menge die Stirn zu bieten. Wäre ich hundert Jahre früher in die Welt gekommen, so hätte ich, vermöge eben derselben Gesinnungen, den Sokrates, trotz seiner **Silenengestalt**, dem schönen allbewunderten Alcibiades vorgezogen.

Wollte Gott! **wir wären nur schon so weit**, daß die gerümpften Näschen meiner Gespielinnen und die Epigrammen unserer witzelnden Gecken das Schlimmste wären, was ich zu befürchten hätte! Wie mutvoll ich bin, wenn es darauf ankommt, den Spott der Toren zu verachten, so zaghaft fühl ich mich bei dem bloßen Gedanken, die Erwartungen meines guten Vaters zu täuschen, und seiner Liebe zu mir eine schmerzliche Nachgiebigkeit auf Kosten seiner Zufriedenheit abzudrängen. Wenn aber auch mein Vater, ohne sich gar zu große Gewalt anzutun, meine Wünsche begünstigen könnte, darf ich hoffen, das größte Hindernis überstiegen zu haben?

Und nun sage mir, Melanippe, wenn du an allen den ungeheuren Bergen, die zwischen mir und dem Glück meines Lebens liegen, hinaufschaust, kannst du mirs verdenken, daß ich nicht offenherziger gegen dich war? Ich, die ich noch in diesem Augenblick vor meinen eignen Wünschen erschrecke, und mir kaum selbst gestehen darf, daß es für mich nur eine einzige Art glücklich zu sein gibt. Was für ein Mädchen müßte das sein, die der Gedanke **ohne Gegenliebe zu lieben** nicht in die Erde sinken machte? Wüßt ich gewiß, daß mir eine solche Schmach bevorstünde, ich würde auf der Stelle, wie die **Kreusen** und **Helenen** des **Euripides**, mit mir zu Rate gehen, welches das **edelste** Mittel aus der Welt zu kommen sei,

– Gift, Eisen, oder Strick?

Doch, zu einem so tragischen Ende bin ich hoffentlich nicht bestimmt. Ein Mann müßte (mit dem Dichter zu reden) den Drachen von Kolchis zum Vater, und einen Felsen des Kaukasus zur Mutter gehabt haben, wenn er ein ehrliches hübsches Mädchen, das ihm von Liebe überwältigt um den Hals fiele, und ihn mit gerungnen Armen und heißen Tränen beschwüre, sie zu heiraten, mit kaltblütiger Grausamkeit zurückstoßen könnte! Wundre dich nicht, Liebe, daß ich in meiner traurigen Lage noch scherzen kann. Man sagt, es gibt Leute, auf welche Schmerz und Lust gerade umgekehrt wirken: sie werden traurig, wo andre fröhlich sind, und scheinen nie fröhlicher, als wenn sie sich lieber hängen möchten. Wie das zugeht, laß dir von einem andern erklären; ich bin heute gar nicht zum Grübeln aufgelegt.

Den 4ten Skirrophorion.

Wir sind schon wieder von Leukonoe eingeladen worden, und es hat, wie du vermuten wirst, eine zweite Zusammenkunft Statt gehabt. Leotychus hatte sich ungewöhnlich herausgeputzt, und durchbalsamte den Garten mit einem ganzen Arabien von Wohlgerüchen – die mir unglücklicher Weise zuwider sind. Er fand mich, abermals von ungefähr, auf einer Bank des kleinen Lorbeerwäldchens, in Gesellschaft meiner Cyperkatze. Um die gehörige Gradation zu beobachten, sagte er zuerst der Katze und dann mir die artigsten Sachen von der Welt. Da ich ihm scherzend antwortete, rückte er mir unvermerkt näher, und sprach, in sehr **lyrischen** Ausdrücken und mit großer Zuversicht auf seine eignen Reize, von der mächtigen Wirkung der meinigen auf sein zartes Herz. Um seine Aufmerksamkeit auf einen gleichgültigern Gegenstand zu lenken, zeigte ich ihm die Katze, die, beinah in eine Kugel zusammen gezogen, hinter einem Busch auf ein Vögelchen lauerte, das unbesorgt umherhüpfte, und, hie und da ein Körnchen aufpickend, unvermerkt dem Busche näher kam. Auf einmal brach die Katze aus ihrem Hinterhalt hervor, und über das arme Vögelchen her. Ich schrie laut auf, weil ich es schon zwischen ihren Zähnen glaubte, als wir es noch glücklich mit Verlust einiger Federn davon flattern sahen. Leotychus lachte, vermutlich über den allegorischen Sinn dieser kleinen Begebenheit.»Grausamer Mensch«, rief ich;»was wäre nun aus dem armen Dinge geworden, wenn ihm die Natur nicht zu gutem Glück Flügel gegeben hätte?« – »Du, reizende Hipparchia«, sagte er, »du bemitleidest den Vogel, dem, ein paar verlorne Federn abgerechnet, kein Leid geschah; **mich** dauert vielmehr die arme Katze, die mit angestrengter Aufmerksamkeit und unverwandtem Blicke so geduldig auf ihren Raub lauerte, und im Nu, da sie ihn erschnappt zu haben glaubt, mit leeren Kinnbacken mißmutig davon schleichen muß.« »Jedes nimmt Anteil an seinesgleichen«, versetzte ich lächelnd;»hoffentlich hat die Natur, die so mütterlich für die Sicherheit ihrer geringsten Geschöpfe sorgte und sie alle mit Waffen gegen ihre Feinde versah, auch uns arme Mädchen nicht vergessen –«»Darauf«, fiel er ein,»gab der alte Vater **Anakreon** schon die Antwort:

Dem Weibe gab sie Schönheit.«

»Das mag eine ganz gute Waffe zum Angriff sein«, erwiderte ich; »aber zur Verteidigung?« – »Wozu«, rief er,»sollten die Schönen diese nötig haben, da die Natur sie doch einmal bestimmt hat, sich überwinden zu lassen?«

Mit diesen Worten warf er sich mir zu Füßen, und beschwor mich, die zärtliche Leidenschaft nicht länger zu verkennen, die ihn auf ewig zu meinem Leibeigenen machen werde. Seinen Bitten einen desto größern Nachdruck zu geben, wollte er eben meine Knie umarmen, als ich plötzlich aufstand, und ihn weggehend mit der kaltblütigsten Ruhe versicherte, wir hätten uns zum letztenmal allein gesehen.

Was sagst du zu dieser kleinen Szene, Melanippe? Ich gestehe, sie macht mir großes Vergnügen; denn ich kann nicht zweifeln, er spielte sie wohlbedächtlich, und verspricht sich nichts geringeres davon, als den Ehestandsfesseln, die ihm seine Familie anlegen will, diesmal glücklich entgangen zu sein. An mir soll es wenigstens nicht liegen, wenn ihm seine Hoffnung fehl schlägt.

Ich ermangelte nicht, den ganzen Hergang meinem Vater, während unsrer Rückkehr nach Athen, umständlich, nur vielleicht mit zu vieler Hitze, mitzuteilen. Er billigte mein Betragen, wiewohl er den jungen Herrn damit zu entschuldigen suchte, daß er keinen Begriff davon habe, wie seine Hand von irgend einer Attischen Jungfrau ausgeschlagen werden könnte. »Und ich selbst«, setzte mein Vater hinzu, »begreife eben so wenig, was du gegen den jungen Mann haben kannst, den jede andere deinesgleichen zu besitzen sich glücklich schätzen würde; sie müßte denn nur gänzlich für einen andern eingenommen sein, was bei dir nicht der Fall sein kann.« – Was konnt ich antworten? Ich seufzte und schwieg. Mein Vater sah mir bedenklich in die Augen, wiegte seinen Kopf, und schwieg ebenfalls. Er bezeigte sich zwar noch eben so gütig gegen mich als zuvor; aber das Gespräch blieb einsilbig, und ich zog mich sobald als möglich in meine Schlafkammer zurück. Mir ist zumut, wie wenn ein schweres Gewitter am Himmel steht. Mein Herz wird mich hoffentlich nie verlassen: aber ich kann mich dennoch nicht erwehren, ein wenig zu zittern.

Ich warte mit Schmerzen auf einen Brief von dir; mein Herz sagt mir, daß du – mir etwas zu berichten habest. Was ich in mir selbst erfahre, bekräftigt mich täglich mehr in dem Glauben, daß etwas **Magisches** in der Liebe ist, das alle Springfedern unsers Wesens stärker spannt, und neue Sinne in uns entwickelt, die ohne sie vielleicht nie erwacht wären. Mir ist, als ob ich jedem Menschen, der sich mir nähert, bis auf den Grund der Seele sähe. Ich versichere dich, einige gewinnen nicht viel dabei.

So eben erfahre ich von meiner **Lesbia**, daß Leotychus große Klagen über mich bei meiner Tante geführt hat. Mein letztes Betragen gegen ihn sei ihm unbegreiflich; entweder müsse eine lächerliche Prüderie, oder eine entschiedene Verachtung seiner Person dabei zum Grunde liegen: das eine sei so unerklärbar als das andere; er fühle sich aber von beidem wenig aufgemuntert, seine Bewerbung fortzusetzen. Leukonoe habe alle ihre Beredsamkeit aufgeboten, mich in ein günstigeres Licht bei ihm zu stellen, und ihn ermahnt, mehr Beharrlichkeit und mehr Nachsicht gegen das jungfräuliche Zartgefühl ihrer Nichte zu zeigen, ohne welches sie ja der Ehre, seine Gattin zu werden, unwert wäre. Unter anderm habe Leotychus gesagt: er könne kaum zweifeln, daß er einen mehr begünstigten Nebenbuhler habe, und da es kein geringerer sein könne als ein Gott, so sehe er nicht, was ihm

eine längere Beharrlichkeit helfen sollte. Leukonoe habe ihn dieses tollen Einfalls wegen erst ausgelacht, und dann tüchtig ausgescholten; er habe zuletzt selbst darüber gelacht, und sie hätten sich, dem Anschein nach, als gute Freunde getrennt. – Alles dies hat meine kleine Lesbia mit der Gewandtheit, die ihren Landsmänninnen eigen ist, aus der alten Droso, der vertrautesten Sklavin meiner Tante, herausgefischt. Ich sehe daraus, daß ich die Wirkung, die mein Betragen auf Leotychus tun würde, richtig geahnet habe. Aber was sagst du zu dem bescheidenen Jüngling, der sich einbildet, das Mädchen, das ihm widerstehen könne, müsse nur einen Gott zum Liebhaber gewonnen haben? – Am Ende hat der Mensch so unrecht nicht. Gegen **ihn** ist **Krates** in der Tat in **meinen** Augen ein Gott.

Den 7ten Skirrophorion. (Juni.)

XI.
Melanippe an Hipparchia

Dank sei der jungfräulichen Ädo[11] und dem **Uranischen Amor,** daß du den Schleier endlich abgelegt hast, durch welchen **ich** verlor, ohne daß **du** dabei gewannst; was der Fall mit allen Schleiern und Hüllen ist, sie mögen nun einen schönen Leib oder eine schöne Seele bedecken. Von nun an wirst du dich deiner Melanippe zeigen, wie Aphrodite sich ihren Grazien zeigt. Du wirst sie durch diese Traulichkeit glücklicher machen; und sollte auch an dem schönen Ganzen irgend ein unbedeutendes Fleckchen oder ein zufälliges Hitzblätterchen zu sehen sein, so wird das Auge der Liebe es entweder nicht gewahr werden, oder einen kleinen Reiz mehr entdeckt zu haben glauben.

Zur Belohnung der Aufrichtigkeit, womit du deine vorige Zurückhaltung so schön vergütet hast, eile ich nun, dir ein paar von **Euthyphron** aufgehaschte Neuigkeiten mitzuteilen, die dir nicht gleichgültig sein werden. Die erste weniger bedeutende ist, daß Leotychus unter seinen Vertrauten von seiner Verbindung mit der Tochter des Lamprokles, als von einer sehr weit entfernten und wahrscheinlich nie zu Stande kommenden Sache spricht. Es wäre zwar zwischen beiden Familie die Rede davon gewesen, und die Dame, die den letzten Tagen ihrer Rosenzeit nahe sei, scheine, nachdem sie mehrere nicht verächtliche Freier abgewiesen, nicht abgeneigt, mit **ihm** vorlieb zu nehmen, besitze aber, aufrichtig zu reden, nicht Reize genug, um ihn in das Netz zu locken, das man seiner Freiheit gestellt habe; und was der Armseligkeiten mehr sind, womit der hoffärtige Mensch sich vor der Schmach, unter den Abgewiesenen die Oberstelle zu erhalten, in Zeiten zu verwahren sucht. Du siehst, er verdient beinah unsern Dank, daß er so eifrig für dich arbeitet, und dir die Mühe, seiner mit guter Art los zu werden, so dienstfertig erleichtert.

Noch angenehmer wird dir sein zu vernehmen, daß der weise Krates über die plötzliche Verschwindung seiner **jungen Zuhörer von Sunium** nichts weniger als gleichgültig ist – wiewohl ich für

---
[11] Ädo, die Schamhaftigkeit, hatte zu Athen einen öffentlichen Altar.

meinen Teil (dank meiner Unscheinbarkeit, wenn ich neben dir stehe) gar nicht in Betrachtung komme. Denn die Rede ist immer nur von dem **schönen Hipparchides.** Er hat sich schon mehrmals bei meinem Vetter Euthyphron (der viel bei ihm gilt) erkundiget, ob er nicht wisse, was aus dem jungen Menschen aus Sunium mit den großen schwarzen Augen geworden sein könne, der sich seit einiger Zeit mit einem andern seines Alters so häufig unter seinen Zuhörern eingefunden, und sich durch seine ganz besondere Aufmerksamkeit ausgezeichnet habe. Er selbst habe sich (sagt er) die große Liebe des Sokrates zu schönen Knaben, besonders zu dem Wildfang und Wüstling Alcibiades, nie recht erklären können: aber wie ein tugendhafter Mann eine **heilige Liebe** zu **diesem** Knaben fühlen könne, sei ihm sehr begreiflich. So viel Freiheit des Geistes, mit so viel Bewußtsein innerer Kraft, wie aus den seelenvollen Augen des jungen Hipparchides spreche, mit einer so zarten, man möchte fast sagen, **jungfräulich** schüchternen Bescheidenheit vereinigt, habe er noch an keinem andern Jüngling wahrgenommen.

Was sagst du **dazu,** junger Hipparchides? Wächst dir das Herz nicht zusehends, indem du diese goldnen Worte liesest? Fürchtest du **noch,** die größte der Schwierigkeiten, die du zu besiegen hast, bei dem Manne zu finden, der einen so feinen Sinn für jungfräuliche Schüchternheit hat? Aber das ist noch nicht alles. Ein paar Tage darauf sagte er zu Euthyphron, er sei von ungefähr auf einen Fischer von Sunium gestoßen, der ihn versichert habe, er kenne alle Einwohner seiner kleinen Vaterstadt, aber unter Jungen und Alten kenne er weder einen Hipparchides noch Melampus. Krates scheine darüber nicht wenig betroffen zu sein und zu vermuten, daß unter diesen Namen irgend ein sonderbares Geheimnis stecke, dessen Grund und Beschaffenheit er nicht zu erraten vermöge. Indessen fährt er fort, so oft er meinen Anverwandten sieht, sich zu erkundigen, ob er den jungen Hipparchides nirgends wieder gesehen habe. Ziehe nun die Folgen selbst, die aus diesem allem hervorgehen. So viel dünkt mich wenigstens augenscheinlich, daß der bartlose Knabe Hipparchides mit seinen großen seelenvollen Augen und seiner jungfräulichen Sittsamkeit einen Grund gelegt hat, worauf die schöne Hipparchia, mit einem mäßigen Aufwand der letztern, ziemlich sicher fortbauen könnte.

Den 9ten Skirrophorion.

XII.
Hipparchia an Melanippe

Damit du wissest, wie ich gegenwärtig mit Leukonoe stehe, liebste Freundin, laß dir eine kleine Unterredung erzählen, die seit ihrer Zurückkunft aus Munychia zwischen uns vorgefallen. Daß sie nicht sonderlich mit mir zufrieden sei, verriet die ziemlich sichtbare Gewalt, die sie sich antun mußte, meine freundliche Bewillkommnung nicht ganz unfreundlich anzunehmen. Sie fand, oder machte sich vielmehr sogleich im ganzen Hause so vielerlei zu tun, daß ihr keine Zeit übrig blieb, sich mit mir abzugeben. Aber diesen Morgen ließ sie mich rufen, und, nach etlichen einsilbigen Fragen und Antworten, begannen folgendes Gespräch zwischen uns.

Leukonoe. Du hast nun den Sohn des Chabrias gesehen und gesprochen, Hipparchia, wie gefällt er dir?

Hipparchia. Er würde mir vielleicht besser gefallen haben, wenn er sich selbst weniger gefiele.

Leukonoe. Das ist eine deiner Grillen – bloßes Vorurteil! Leotychus ist ein junger Mann von sehr feiner Lebensart, und weiß sich gegen unser Geschlecht sehr gut zu benehmen.

Hipparchia. Vermutlich gegen den ehrwürdigern Teil desselben, Mütter, Großmütter und Tanten; dagegen scheint er sein Betragen gegen die Töchter, Enkelinnen und Nichten in der Schule der schönen **Lycänion** und ihrer Zunftgenossinnen gelernt zu haben.

Leukonoe. Das tönt ja beinahe wie Eifersucht, Hipparchia? Ich nehme es für ein gutes Anzeichen.

Hipparchia. Ich bitte dich, liebe Tante, gib meinen Worten keine so feine Deutung. Ich rede geradezu, wie ich denke.

Leukonoe. Es ist unmöglich, daß er sich gegen dich vergessen haben könnte.

Hipparchia. Er mag sich einbilden, sehr artig gewesen zu sein. Ich halte die Bescheidenheit für eine Tugend, die dem andern Geschlechte nicht weniger geziemt, als dem unsrigen.

Leukonoe. Unstreitig. Dagegen ist eine unzeitige Sprödigkeit weder eine Tugend, noch eine Grazie an einer Jungfrau, um deren Hand sich ein Jüngling bewirbt, der sich zutrauen darf, daß er ihrer in jeder Betrachtung würdig sei.

Hipparchia. Leotychus scheint in der Tat dieses Zutrauen in einem hohen Grad zu besitzen.

Leukonoe. Und du scheinst auf eine seltsame Weise gegen den jungen Mann eingenommen. Was in aller Welt kannst du gegen ihn einzuwenden haben?

Hipparchia. O sehr viel, liebe Tante! Zum Beispiel, daß er gar zu schön für mich ist.

Leukonoe. Ein Fehler von einer ganz neuen Art, das muß ich gestehen! Aber keinen unzeitigen Scherz, Mädchen, wenn ich bitten darf.

Hipparchia. Es ist mein ganzer Ernst. Er ist zu schön für mich, oder ich bin nicht schön genug für ihn, wie du willst. Ich werde nie einen Mann nehmen, der nicht in diesem Stück so weit unter mir ist, daß er sich nicht einbilden kann, ich habe mich durch sein Äußerliches verführen lassen.

Leukonoe. Wenn dies ist, so weiß ich dir keinen bessern Rat, als den bucklichten **Krates** zu heiraten, der sich gewiß nie einfallen lassen wird, dir den Vorzug der Schönheit streitig zu machen.

Es war ein Glück für mich, daß sie vermutlich eher alles andere für möglich hielt, als daß mich diese Spottrede so nahe angehe; sonst hätte sie mir gewiß dabei ins Gesicht gesehen, und möchte die plötzliche Glut, womit es sich überzog, leicht für etwas anders gehalten haben, als Ausdruck meines Unwillens über ihre verächtliche Art, von einer Person zu sprechen, die ich hochachte. Indessen konnt ich mich doch nicht enthalten, ihr zu sagen: daß ich eher diesen Krates, trotz seiner wenigen Ansprüche an Schönheit, heiraten würde, als den einbildischen Leotychus mit allen seinen Reizen.

»Soll ich diese Erklärung deinem Vater bringen?« sagte sie mit verbißnem Grimm. Ich beschwor sie, nicht auf mich zu zürnen, und meinen Widerstand bloß als einen Beweis anzusehen, daß die erwartete Nachgiebigkeit nicht in meiner Gewalt sei. »Ich kann«, fuhr ich fort, »meinem Willen nicht gegen meine Überzeugung gebieten, und wen geht die Sache näher an als mich? Ich will zugeben, es sei nicht unmöglich, daß ich mit Leotychus, wo nicht glücklich, wenigstens erträglich leben könnte. Da aber das Gegenteil eben so leicht möglich ist, sollte wohl ein liebender Vater die Glückseligkeit seines Kindes auf eine so schwankende Spitze stellen wollen?«

Leukonoe schwieg eine Weile, als ob sie mit ihren Gedanken zu Rate gehe. Auf einmal schien sie etwas sagen zu wollen. »Unmöglich« - rief sie aus und hielt plötzlich wieder ein, ohne sich auf meine Frage, was unmöglich sei, zu erklären. Ich bat sie, indem ich mich auf ihren Wink entfernte, sie möchte mir wenigstens Zeit lassen, meine Abneigung gegen Leotychus zu bekämpfen; aber sie kehrte mir den Rücken zu, und ich zog mich zurück, ohne einen neuen Versuch, sie zu besänftigen, über mich gewinnen zu können. Ich zweifle nicht, daß sie eine geheime Neigung bei mir argwohnt, und sich alle Mühe geben wird, ihr auf die Spur zu kommen. Dieser Umstand, und was du mir von den Äußerungen des Krates gegen deinen Verwandten schreibst, bestimmt mich, einen Schritt vorwärts zu tun, der über lang oder kurz doch getan werden müßte. Es ist gewiß, daß der Mensch seinem Schicksal nicht entgehen kann: aber es ist nicht weniger gewiß, daß er selbst das Hauptwerkzeug seines Schicksals ist, oder mit andern Worten, daß er durch seine mitwirkende Tätigkeit das Werk seines guten oder bösen Dämons fördern oder hindern kann.

Ich bin in einer wahren Klemme, liebste Melanippe, aber mir wird leichter ums Herz werden, wenn ich den Schritt erst getan habe, zu welchem mich einer der besagten Dämonen antreibt. Sobald ich den Erfolg weiß, sollst du mehr davon erfahren. Verdopple indessen deine Aufmerksamkeit auf meine Tante; belaure durch deinen Freund Euthyphron alle ihre Bewegungen, und sage ihm, daß er sich meiner Lesbia sicher anvertrauen könne, so oft er mir etwas mitzuteilen hat. Die sonderbare Lage, worin ich mich befinde, hat mich endlich genötigt, ihr unser Geheimnis zu entdecken; soviel nämlich, als sie zu wissen braucht, um zu glauben, daß ich von ihrer Anhänglichkeit überzeugt bin, und nichts geheimes vor ihr habe.

Den 10ten Skirrophorion.

XIII.
Hipparchia an Krates

Ich kann nicht länger zögern, weiser und ehrwürdiger Krates, dir einen unschuldigen Betrug zu entdecken, dessen zwei unbesonnene Mädchen sich gegen dich schuldig gemacht haben, indem ich dir gestehe, daß unter dem doppelten Mantel der vorgeblichen Jünglinge **Hipparchides** und **Melampus** von Sunium, die sich seit einigen Monaten unter deinen Zuhörern einfanden und deren plötzliches Verschwinden dir aufgefallen sein soll, Hipparchia, die Tochter des Lamprokles, die dir dieses schreibt, und eine ihrer Freundinnen verborgen waren.

Um dir über dieses seltsame Geheimnis das gehörige Licht zu geben, muß ich dich um Erlaubnis bitten, meine Geschichte, wie jener Dichter seine Ilias, vom Ei anzufangen. Die Natur scheint der Neugierigkeit, womit sie die Personen meines Geschlechts vorzüglich ausgestattet haben soll, bei mir eine bestimmte Richtung nach dem, was das wissenswürdigste ist, gegeben zu haben. Von der Kindheit an zeichnete sich die kleine Hipparchia durch ihre immer rege Lernbegierde aus, und wußte sogar mit ihren Puppen nichts anders anzufangen, als daß sie immer alles, was sie selbst gelernt hatte, mit ihnen wiederholte, um sie eben so gelehrt zu machen als ihre Gebieterin. Ich wußte den größten Teil der **Odyssee** auswendig, bevor ich acht Jahre alt war, wiewohl ich die Zeit sie zu lesen beinahe stehlen mußte. Der frühzeitige Tod meiner guten Mutter, die das wahre Ebenbild der Hausfrau des Xenophontischen **Ischomachus** war, und mich vorzüglich zu weiblichen Beschäftigungen angehalten hatte, und die gefällige Güte meines Vaters, dessen einzige Tochter ich bin, setzte mich in diesem Stück in eine größere Freiheit. Ich brachte einen ziemlichen Teil des Tags in dem Bücherzimmer meines Vaters zu, und durchlas, oder verschlang vielmehr anfangs, was mir zuerst in die Hände fiel, Dichter und Geschichtschreiber, Tragiker und Komiker, ohne Ordnung und Auswahl. Endlich geriet ich über ein Fach, das mit den Werken Xenophons und mit den Dialogen aller Sokratiker angefüllt war. Die erstern und alle von den andern, die mir verständlich waren, hatten einen ganz besondern Reiz für mich. Sie machten von nun an meine Lieblingsunterhaltung aus; ich hatte Mühe mich von ihnen zu trennen, kehrte immer wieder zu ihnen zurück, und verspürte bald die guten Folgen ihrer Einwirkung auf mein Gemüt. Denn unvermerkt lösete sich die Verwirrung, die aus jener unordentlichen Leserei in meinem Kopf entstanden war. Es begann darin zu tagen, und eine dunkle Stelle trat nach der andern ins Licht hervor. Ich wagte mich nun sogar an die Dialogen des göttlichen Plato, die ich anfangs mit heiliger Scheu vor ihrer erhabenen Dunkelheit auf die Seite gelegt hatte: vieles war mir nun ohne Mühe verständlich; was ich nicht verstand, glaubte ich zu erraten, und was ich nicht erriet, ersetzte meine Einbildungskraft.

Aber was sollte nun ein Mädchen, zur Regierung eines Gynäceons bestimmt und auf die Geschäfte desselben eingeschränkt, mit allen den Ideen und Kenntnissen anfangen, die ich erlangt hatte? Und wie sollte sie, die von ihrem fünfzehnten Jahre an mit Xenophon, Cebes und Simmias, mit Plato, Aristipp und Diogenes, so zu sagen, gelebt, und ihre Seele mit dem Geiste dieser edelsten unter den Männern genährt hatte, wie sollte sie sich zu der gewöhnlichen Lebensweise der griechischen Frauen bequemen können? Ich sah, was mir als der Tochter eines reichen Mannes in Athen bevorstand, erschrak vor dem, was alsdann wahrscheinlich mein Los sein würde, und ließ nun nicht von meinem Vater ab, bis ich die heiligste Zusage von ihm erhielt, daß es in meiner Willkür stehen sollte, jeden Freier auszuschlagen, mit welchem ich nicht nach meiner eigenen Weise glücklich zu leben hoffen könnte. Die Wahrheit zu sagen, fühlte ich nichts in mir, was mich geneigt gemacht hätte, meine Freiheit irgend einem Manne aufzuopfern. Ich sah die ausgezeichnetsten unsrer Jünglinge mit kalter Gleichgültigkeit an, und wies nach und nach mehrere Anträge zurück, die meiner Familie gemacht wurden, und, nach dem gewöhnlichen Maßstab, sehr annehmenswürdig waren. Indessen konnt ich doch von den Beweggründen nicht ungerührt bleiben, um derentwillen mein Vater mich verheiratet zu sehen wünschte, und indem ich mich an die Vorstellung, nicht immer ledig zu bleiben, unvermerkt gewöhnte, bildete sich eine Idee in mir, wie der Mann an Geist und Gemüt, Sitten und Lebensweise beschaffen sein müßte, mit welchem ich in die engste und heiligste aller Verbindungen zu treten wünschen könnte. Geburt, Reichtum und Gestalt kamen dabei in keinen Anschlag: hingegen war sehr natürlich, daß er denjenigen nicht ähnlich genug sein konnte, deren Geist den meinigen erweckt und gebildet hatte, deren Tugend und Seelengröße ich bewunderte, und die, mit Einem Wort, in meinen Augen die Ersten unter den Menschen, und, in der ganzen Stärke des Homerischen Beiworts, **den Göttern gleich** waren. Schon damals stand der große König Alexander, Philipps Sohn, in meinem Sinn tief unter dem Manne, der, wiewohl vielleicht der ärmste in ganz Korinth, sich keine andere Gnade von jenem auszubitten wußte, als daß er ihm aus der Sonne gehen möchte. Mit dieser Art zu denken hatte ich beinahe mein dreiundzwanzigstes Jahr zurückgelegt, als ich zum erstenmal von einem gewissen Krates hörte, der sich seit kurzem zu Athen aufhalte, und als der größte Sonderling, auf den die Sonne je geschienen, beschrieben wurde. Abkömmling aus einer edeln Thebanischen Familie habe er sich (sagte man) eines ansehnlichen Erbgutes und alles Glückes, so er in seiner Vaterstadt hätte machen können, freiwillig entschlagen, um, nach dem Beispiel des Diogenes, mitten in der bürgerlichen Gesellschaft, unter ausgearteten, durch Kunst verfeinerten, und durch Reichtum und Üppigkeit, oder Begierde nach beiden, verderbten Menschen, unabhängig von ihren Gewohnheiten und frei von ihren Leidenschaften, ein reines Naturleben zu führen, und sich in allem, was den Leib betrifft, auf das strengste Unentbehrliche einzuschränken, um sich gänzlich dem, was das höchste Gut der Seele ist, der Weisheit und Tugend, ungestört ergeben zu können. Ich hörte sehr verschiedene Urteile über diesen Krates fällen; einige spotteten über seine Lebensweise, andere machten sich über sein Äußeres lustig; die meisten stimmten darin überein, daß man nicht wenig verrückt sein müsse, um ein so armseliges Leben, als er führe, mit baren achtzig Talenten zu erkaufen: aber alle gestanden, daß er ein Mann von Geist, Witz und guter Laune, und bei der unbeschränktesten Freimütigkeit äußerst angenehm im Umgang sei.

Diese Erzählungen machten einen so tiefen Eindruck auf mich, daß ich ihn, vermöge eines eigenen meinem Geschlecht angebornen Instinkts, aufs sorgfältigste zu verbergen beflissen war. Ich bewunderte die Seelenstärke des Mannes, der dem großen Gedanken, das Ideal unverkünstelter, aber veredelter Menschheit in sich darzustellen, Alles, was in den Augen der Menge den größten Wert hat, aufzuopfern fähig war.

Unvermerkt, ehrwürdiger Krates, entstand ein unruhiges Verlangen dich selbst zu sehen und zu hören in mir, das durch die anscheinende Unmöglichkeit es zu befriedigen täglich heftiger wurde. Im väterlichen Hause würde ich schwerlich jemals dazu gelangt sein, wenn auch mein Vater auf den Gedanken gekommen wäre deine Bekanntschaft zu suchen: was nicht zu hoffen war, da er seit manchen Olympiaden nur einen kleinen Teil des Jahres in der Stadt lebt, und sich bloß mit Verwaltung seiner Güter beschäftigt. Endlich half mir die vertrauteste meiner Freundinnen, ein lebhaftes genialisches Mädchen, auf einmal aus der Not.»Warum«, sagte sie,»sollten wir nicht den Mut haben zu tun, was ehmals **Axiothea von Phlius** tat, um sich unerkannt unter die Zuhörer des göttlichen Plato mischen zu können? Es braucht dazu nichts als ein paar schlichte Doppelmäntel, und die Kunst unsere Haare so zusammenzurollen, daß sie einem krausen dichtlockichten Knabenkopf ähnlich sehen. Man wird uns für ein paar Jungen von siebzehn bis achtzehn Jahren halten, und unter der Menge, die sich täglich beim Cynosarges, oder in der Halle am Tempel des Herkules versammelt, um den Krates reden zu hören, werden wir leicht übersehen werden. Auf alle Fälle nennen wir uns Hipparchides und Melampus, wir sind zwei Brüder, aus Sunium gebürtig, Söhne des Kaufmanns Ktesiphon, oder was du willst, niemand wird sich darum bekümmern.« Ich bin ein dreisteres Mädchen, bester Krates, als du der Schüchternheit des verkappten, sich selbst bewußten, Hipparchides zugetraut hättest. Ich ergriff diesen Einfall mit der lebhaftesten Ungeduld ihn je bälder je lieber ins Werk zu setzen. Meine Freundin gewann eine gewisse ihr gänzlich ergebene Blumenhändlerin, die am Wege nach dem Cynosarges ein kleines Haus mit einem Gärtchen besitzt. Hier vertauschten wir unsere weibliche Kleidung mit der Sokratischen, und dahin schlichen wir uns wieder zurück, um diese wieder abzulegen, und wohlverschleiert, jede ihr Blumenkörbchen am Arm, wieder nach Haus zu wandern. Und so habe ich seit den letzten Anthesterien das Glück genossen, dich alle zwei bis drei Tage zu hören, und mich dadurch in einer Denkart zu befestigen, wozu ich mit einer großen Anlage geboren sein muß, weil sie sich meiner in so kurzer Zeit gänzlich bemeistert hat.

Alles dies, bester Krates, mußtest du voraus wissen, bevor ich zu der Hauptsache kommen konnte, die mir den kühnen Schritt an dich zu schreiben abgenötigt hat. Ich befinde mich in einer Verlegenheit, aus welcher du allein, wie ich glaube, mich ziehen könntest.

Seit einiger Zeit bewirbt sich ein junger Mann um mich, der in ganz Athen unter dem Namen Leotychus bekannt ist. Er ist reich und von edler Herkunft, schön wie Adonis, in sich selbst verliebt wie Narcissus, eben so ehrgeizig als wollüstig, und dermalen eine Art Günstling des Volks. Unsre beiden Familien, besonders seine Mutter und meine Mutterschwester, betreiben eine Verbindung zwischen uns, die ihm selbst ziemlich gleichgültig zu sein scheint; nach und nach haben sie auch meinen Vater dahin gebracht, sie eifriger zu wünschen als für meine Ruhe gut ist.

Sage mir, weiser Mann, ich beschwöre dich bei den Grazien, bin ich aus Liebe zu meinem Vater schuldig, einem von ihm selbst mir zugestandenen Rechte zu entsagen, und das Glück meines Lebens seinen Wünschen aufzuopfern? Habe ich keine Pflichten gegen mich selbst? Kommt mein eignes Herz, meine eigne Überzeugung in einer mich so nahe angehenden Sache in gar keine Betrachtung? Der Mann, den man mir aufzudrängen sucht, kann demjenigen, den ich selbst mir zum Gatten wünsche, nicht unähnlicher sein als ers ist. Mein Herz sagt mirs, und meine Vernunft bestätigt es, daß ich mit Leotychus nicht glücklich sein würde. Ist es billig, daß ich unglücklich werde, um einem getäuschten Vater zu Willen zu sein, der gewiß keine frohe Stunde mehr haben würde, wenn er mich unwiederbringlich elend sähe?

Rate mir, weiser und guter Krates, sei mein Genius, mein Orakel! Was **soll** ich tun? Was **darf** ich tun? Leite mich in einer Sache, wovon das Wohl oder Weh meines Lebens abhängt; und wenn du anders das Wohlwollen, welches Hipparchia das Glück hatte, dir einzuflößen, als sie dir Hipparchides zu sein schien, ihr nicht um eines unschuldigen Betrugs willen entzogen hast, so beklage sie!

Den 11ten Skirrophorion.

XIV.
Krates an Diogenes zu Korinth

Hast du jemals, Freund Diogenes, du, der unter Betrachtung und Züchtigung der unermeßlichen Torheiten des Menschengeschlechts eisgrau geworden bist, hast du jemals etwas belachenswürdigers gesehen, gehört oder geträumt, als die Möglichkeit, daß dein Freund Krates, mit seiner ellenbreiten Stirn, seiner Faunennase, und dem kleinen Hügel, den er, unwissend wie oder wann, seinem Rücken aufgepackt hat, und, was die Sache nicht sonderlich bessert, mit seinem Sokratischen Mantel und Diogenischen Knotenstock, und mit einem Einkommen von drei baren Obolen des Tags, töricht genug sein könnte, sich in das schönste Mädchen von Athen zu verlieben? – Wohlan, alter Freund, wie undenkbar dir auch ein solcher Fall vorkommen mag, daß er möglich ist, beweist dein Freund und Jünger Krates mit seiner selbst eigenen Person: denn es ist leider! nichts gewisser, als daß der arme Mann, es sei nun wegen irgend einer schlechtverwahrten Seite seiner Natur, oder durch Antrieb eines über ihn erzürnten Gottes, sich in einer so widersinnigen und natürlicher Weise hoffnungslosen Liebe wirklich verfangen hat.

Du lachst so herzlich, daß mich dünkt, ich höre es von Korinth bis in meiner Hütte. Gut, lache soviel du willst und kannst! ich würde dir selber lachen helfen, wenn die Sache nicht mit einem so tragischen Umstand verbunden wäre, daß der Erztragiker Euripides selbst nie etwas kläglicheres ersonnen hat. Quäle dich nicht mit vergeblichen Versuchen, zu erraten, was für ein unglücklicher Umstand das sein könne: du könntest zehnmal schwerere Rätsel, als das, was die einfältige **Sphinx** – im Vertrauen auf die weltberühmte Dumpfheit der **Böotier** – meinem Landsmann **Ödipus** aufgab, glücklich erraten haben, an **diesem** würdest du dennoch mit allem deinem Scharfsinn zu Schanden werden.

Wisse also, guter Alter, daß jenes nämliche Mädchen, wie gesagt eines der schönsten, und zugleich der sittsamsten und unbescholtensten in ganz Attika, aus zarter Liebe zu besagtem Krates, und ohne ein Wort davon zu wissen daß sie von **ihm** geliebt wird, die Hand des schönsten und reichsten aller edelbürtigen Jünglinge von Athen ausgeschlagen hat. Sage mir nun einer, daß nach einem solchen Ereignis noch etwas unmöglich sei! Ich sehe, du starrst mir mit weitoffnen Augen ins Angesicht, und glaubst noch immer nicht, daß ich im Ernst rede. Der Götter- und Menschen-Herrscher Amor hat freilich schon manches unglaubliche Wunder getan: aber von einer **so furchtbaren** Wirkung seiner Allgewalt über den Verstand und die Sinne der Erdenkinder ist bis itzt noch kein Beispiel gesehen worden. Vernimm dann wie es damit zugegangen, und höre auf dich zu wundern!

Es sind seit den letzten Anthesterien drei bis vier Monate, daß ich unter den Jünglingen, die sich täglich in der Halle oder unter den Platanen des **Cynosarges** um mich versammeln, ein Paar feine Knaben von siebzehn oder achtzehn Jahren gewahr wurde, die, in ihre Mäntel bis an die Augen eingehüllt, sehr aufmerksam auf meine Reden horchten, und von dieser Zeit an, drei- oder viermal in jeder Dekade sich immer richtig wieder einstellten. Einer von ihnen fiel mir durch seine Schönheit und das Feuer, das aus seinen großen schwarzen Augen blitzte, so stark auf, daß ich mich nach seinem Namen erkundigte. Sein Gefährte, ein hübscher ziemlich dreister Bursche, nahm sogleich das Wort und sagte mir: der Name seines Bruders sei **Hipparchides** und der seinige **Melampus**; sie seien Söhne eines Handelsmanns in **Sunium**, und, von dem Ruf meiner Weisheit angezogen, nach Athen gekommen, um bis zur Wiederkunft ihres Vaters von **Rhodus** sich hier bei einem Anverwandten aufzuhalten. – Ich habe (gegen das Beispiel unsers Vorgängers und Meisters **Sokrates**) anstatt, wie er, schöne Knaben aufzusuchen und an mich zu ziehen, mir zum Gesetz gemacht, ihnen so viel möglich aus dem Wege zu gehen. Ich vermied also, auch mit diesen mich näher einzulassen, und das um so mehr, da sie selbst es nicht zu wünschen schienen, und weil ich mich von dem **Schönern** unter beiden so stark angezogen fühlte, daß ich mir wirklich Gewalt antun mußte, ihn nicht zu oft anzusehen.

Warum der Umstand, daß beide an den gewöhnlichen Leibesübungen der Jünglinge ihres Alters im Gymnasium niemals Anteil nahmen, mir keine Gedanken machte, weiß ich dir nicht zu sagen. Genug, ich gewöhnte mich unvermerkt so sehr daran, die vermeinten Brüder von Sunium unter meinen Zuhörern zu sehen, daß es mir auffiel, als sie sich vom siebenten **Thargelion** an weder blicken ließen, noch zu erfragen waren. Denke nun, wie mir zumute wurde, da ich gestern einen Brief erhielt, worin der vermeinte Hipparchides sich mir als **Hipparchia, die Tochter des Lamprokles**, entdeckt, und, nachdem sie den gespielten Betrug durch eine interessante Selbstschilderung zu entschuldigen gesucht hat, mir (warum gerade mir?) die Eröffnung tut, daß sie sich durch einen ihr selbst verhaßten, aber von ihren Verwandten begünstigten Freier in ein Gedräng von streitenden Pflichten gesetzt befinde, woraus sie sich nicht anders zu ziehen wisse, als indem sie mich beschwöre, ihr meinen Rat zu geben. Der fatalste und für mich gefährlichste Umstand bei dieser Entdeckung ist, daß sie mir, zwar mit aller ihrem Geschlecht eigenen Zartheit und Zurückhaltung, aber doch deutlich genug zu verstehen gibt, der Mann, den ihr Herz dem schönen Leotychus vorziehe, sei kein andrer als derselbe, dessen Leitung sie sich anvertrauen will. Damit du mit eignen Augen sehen könnest, ob ich mir hierin zu viel schmeichle, schicke ich dir ihren eigenhändigen Brief, worin du, aus Vorsicht gegen einen möglichen Zufall, bloß die Namen ausgelöscht finden wirst.

Du begreifst nun, alter Freund, daß dieser Handel, der auf den ersten Blick so lächerlich aussieht, ernsthaft genug ist, um zwei weisen Männern wie du und ich zu schaffen zu machen. Indessen kann das, was ich dabei zu tun habe, für mich wenigstens keinen Augenblick zweifelhaft sein. Hätte ich nicht das unglückliche Glück, selbst der Mann zu sein den sie vorzieht; wäre ich bloß ein unparteiischer Dritter, so würde ich die Fragen, die sie mir vorlegt, ohne Bedenken zum Vorteil ihres Herzens entschieden haben. Aber **kann** ich dies itzt, ohne zugleich ein Tor und ein schlechter Mensch in meinen eignen Augen zu sein? Was wäre die Tugend, wenn sie der ersten Versuchung, in welche sie geführt würde, unterläge? Alles was ich bisher aus Liebe zu ihr aufgeopfert habe, war im Grunde kein Opfer: denn es kostete mich keine Überwindung, es war nichts in meinen Augen. Itzt kommt es darauf an, stark genug zu sein, um den zauberischen Täuschungen einer Neigung zu widerstehen, die mein Herz nicht für Täuschungen erkennen will: gegen eine Neigung zu kämpfen, die meine Vernunft nicht schelten kann; die nichts gegen sich hat, als die hergebrachten Begriffe und Vorurteile der Welt; die unter andern Umständen das Glück meines Lebens machen würde, ja, (wenn anders Hipparchia wirklich so groß und edel ist als sie mir erscheint) uns beide, sogar der Welt und den Umständen zu Trotz, glücklich machen könnte.

Wäre das, was ich für Hipparchia fühle, ein bloßes Werk der Sinne und der Phantasie, so möcht es mir nicht schwer fallen es zu unterdrücken. Aber ich bin mir der Reinheit der Gesinnungen, die diese unfreiwillige Neigung in mir nähren, so innig bewußt; ich bin so gewiß, daß Hipparchia, was sie von mir erwartet, finden, und daß kein anderer sie lieben würde wie ich, kein andrer sie in dem, was sie für ihr höchstes Gut erkennt, in Vervollkommnung ihrer selbst, weniger hindern, mehr befördern würde als ich. Und mit diesem Bewußtsein bin ich genötigt ihr einen Rat zu geben, dem mein Herz widerspricht, den mein Verstand Lügen straft! Rate mir, Freund, wenn du kannst, oder vielmehr bedaure mich: denn was könntest du mir anders raten, als zu tun, was die unerbittliche, unbedingten Gehorsam fodernde Stimme des Gottes in uns mir zu tun gebietet?

Ich schließe diesen in einem ganz andern Ton angefangenen Brief sehr ernsthaft, wie du siehst. Die Gleichmütigkeit, die du einst an mir schätztest, ist – auf einige Zeit wenigstens – dahin. Ich suche mich zu zerstreuen, und, in den Stunden der Einsamkeit und der Nacht, die zauberischen Träume, in welche Phantasie und Herz mich wiegen wollen, dadurch zu verjagen, daß ich sie, und die Leidenschaft, deren Kinder sie sind, in ein lächerliches Licht stelle: aber ich fühle nur zu bald das Unwahre eines solchen Selbstbetrugs. In allen Fällen, wo der eigennützige Trieb mit der Ehre und der Pflicht in Widerspruch steht, bleibt doch immer das Beste, daß man aufrichtig gegen sich selbst sei, sich über seinen wahren Zustand nicht zu verblenden suche, und, sobald der Sitz der Krankheit entdeckt ist, ohne Schonung sich jedem noch so unangenehmen Genesungsmittel unterwerfe. Dies ists, wozu ich fest entschlossen bin. Ich werde mir so lange sagen, **Hipparchia kann nie die Deinige sein**, bis ich es mir selbst **glaube**. Ich will sie **nie** wieder sehen, mein Geheimnis in meiner Brust verschließen, und durch den strengen Rat, den ich ihr geben werde, alle Hoffnung niederschlagen, daß ich das ihrige erraten haben könnte.

Den 12ten Skirrophorion.

XV.
Hipparchia an Melanippe

Ich wußte schon seit einigen Tagen, daß Leukonoe in großer Bewegung ist, um dem Geheimnis, so sie hinter unsern Besuchen bei der alten **Myrto** vermutet, auf den Grund zu kommen. Was ich besorgte, ist nun geschehen. Diesen Augenblick kommt dein Euthyphron keuchend angelaufen, um mir durch meine Lesbia sagen zu lassen, man habe vor einer kleinen Stunde eine Dame, von einer alten Sklavin geführt, bei der Myrto eingehen sehen, welche, der Beschreibung und den Umständen nach, keine andere, als meine liebe Tante sein kann. Ich weiß, daß wir uns auf die Ehrlichkeit der guten Myrto ziemlich verlassen können: aber da sie eine bloße Schutzverwandte ist, und schwerlich Mut genug hat, gegen das Eindringen einer Frau wie Leukonoe auszuhalten, so zweifle ich kaum, daß sie nicht am Ende alles gestehen werde was sie weiß. Wenigstens ist dies ein nur gar zu möglicher Fall. Du siehst leicht, was die Folgen sein werden. Zum Glück befindet sich mein Vater auf seinem Gut am Pentelikus. Da er morgen abends schon wieder zurückkommt, so wird Leukonoe, wenn sie ihm auch etwas zu berichten hat, wahrscheinlich seine Rückkunft abwarten, und ich habe indessen Zeit ihr zuvorzukommen. Besser, mein Vater erfährt die Sache durch mich selbst, als so verschönert, wie meine Tante sie ihm vortragen würde. Ich schreibe ihm also unverzüglich, und entdecke ihm alles, was ich auf dem Herzen habe. Euthyphron hat es übernommen, meinen Brief unfehlbar morgen mit dem frühesten in meines Vaters Hände zu liefern. Ich bin auf alles gefaßt, und werde mich selbst nicht verlassen.

Die hier beigelegte Abschrift meines Briefs an Krates wird dich überraschen. Ich weiß nicht, ob ich es für ein gutes oder schlimmes Zeichen halten soll, daß ich noch keine Antwort habe. Er wird mich doch hoffentlich verstehen?

Den 16ten Skirrophorion.

XVI.
Hipparchia an Lamprokles

Zu wem soll ein bedrängtes Kind seine Zuflucht nehmen als zu seinem Vater? Wem soll es sein Herz getroster aufschließen? Wem, selbst dann, wenn es ihm einen Fehltritt zu bekennen hat, eher Nachsicht und Verzeihung zutrauen, als einem gütigen Vater?

Diese Überzeugung gibt mir den Mut, schriftlich zu wagen, was ich mündlich, ohne allzugroße Verwirrung, nicht zu tun vermöchte, und dir, lieber Vater, einen unvorsichtigen Schritt, eine Torheit (wie du es vielleicht nennen wirst) zu offenbaren, die deine Hipparchia begangen hat, indem sie, durch den großen Ruf des weisen **Krates**, und das Beispiel einer ehmaligen edlen Schülerin der **Akademie** verleitet, sich mit einer Freundin, in der Kleidung eines Jünglings, heimlich und unerkannt unter die Zuhörer desselben stahl, und dadurch den unschätzbaren Vorteil gewann, den Mann zu hören, den seine Freunde, mit großem Recht, denke ich, den **zweiten Sokrates** nennen. Wenn ich dadurch nicht besser worden bin, so liegt die Schuld weder an seinen Lehren, noch an dem großen Beispiel, das er unsrer tugendarmen Zeit von dem, was Liebe zur Weisheit über eine schöne Seele vermag, gegeben hat. Ich bin gewiß, bester Vater, wenn du den Mann kenntest, von dem ich dieses sage, du würdest ihn deiner ganzen Achtung würdig finden. Daß die Urteile des großen Haufens ihm nicht günstig sind; daß er, edel und reich geboren, eine von den Meisten verachtete Armut freiwillig erwählt hat, um sich einzig demjenigen zu widmen, was er für den höchsten Adel und das reinste Glück des Menschen hält: wirst du – einst einer der treuesten Freunde des tugendhaften **Phocions** – ihm gewiß so wenig zum Vorwurf machen, als daß die Natur die Schönheit seines Geistes in ein unscheinbares Äußerliches gehüllt hat.

Ich muß mit Beschämung gestehen, dies alles rechtfertigt den großen Fehltritt nicht, daß ich ohne dein Vorwissen etwas gewagt habe, was mich, wenn ich zufälliger Weise entdeckt worden wäre, zu einem Ziel öffentlichen Tadels und Spottes gemacht, und einen Teil meiner Schmach auf dich selbst geworfen hätte: doch deine **Verzeihung** hoffe ich – um der Unschuld meiner Absicht, um des Beispiels der unbescholtnen **Axiothea**, und um der Vortrefflichkeit des Mannes willen, der dadurch (wiewohl unwissender Weise) mein Lehrer worden ist – bereits erhalten zu haben.

Aber – darf ichs dir bekennen, mein Vater? und doch, warum sollte deine Hipparchia nicht ganz wahr, ganz offen gegen den gütigsten der Väter sein? – ob ich mir gleich nicht verbergen kann, daß ich gefehlt habe, so ist mirs doch unmöglich, mich **reuen** zu lassen daß es geschehen ist; und so oft ich mir Vorwürfe deswegen machen will, erhebt sich eine Stimme in mir, die mir sagt, ich habe wohl getan, ihr zu folgen. – Zürne nicht, lieber Vater, über diese anscheinende Hartnäckigkeit! Ich bin noch lange nicht am Ende meiner Geständnisse, und ich beschwöre dich auf meinen Knien, mich noch ferner mit Geduld und Nachsicht anzuhören!

Leukonoe wird nicht ermangelt haben, dir zu bestätigen, was du schon aus meinen eigenen Äußerungen abgenommen hast: daß ich nicht nur keine Neigung zu dem schönen Leotychus, sondern im Gegenteil den unbezwingbarsten Widerwillen gegen die vorgeschlagene Verbindung mit ihm fühle. Wie manches hätte ich anzuführen, um diesen Widerwillen zu rechtfertigen! Aber warum sollt ichs, da ich einen Grund, seine Bewerbung auszuschlagen, habe, der dazu ganz allein mehr als hinreichend ist? – den nämlich, daß ich meine Hand nie anders als mit meinem Herzen verschenken werde; und mein Herz kann und wird Leotychus nie gewinnen. Ich kann mich entschließen lebenslänglich Jungfrau zu bleiben, aber sein Weib zu werden, niemals, niemals!

Ich bediene mich, indem ich dies erkläre, des von deiner Billigkeit und väterlichen Huld mir zugestandnen Rechts, bei der Wahl eines Gatten immer eine **verneinende Stimme** zu haben. Aber ist es darum weniger dein Wille und Wunsch, mich verheiratet zu sehen? Das Weib, sagst du, ist bestimmt, Gattin und Mutter zu sein: und **ich** bin so sehr davon überzeugt als du selbst. Aber wie kann ich es jemals werden, wenn ich zwar den Mann, mit welchem ichs **nicht** werden will, **verwerfen**, aber den Einzigen nicht **wählen** darf, den ich mir zum Gatten **wünsche**? Irre ich, wenn ich glaube, das Recht zu wählen liege im Recht zu verwerfen eingeschlossen, und mein Herz müsse eben so frei sein als meine Hand? Mit Einem Wort, lieber Vater, mein Herz **hat** gewählt, und o! möchte ich so gewiß sein deine Beistimmung zu erhalten, als ichs bin, daß der Mann meiner Wahl – deiner und meiner Liebe würdig ist!

Ich schmeichle mir, du hast bereits erraten, daß es kein anderer als **Krates** selbst sein kann. Ja, er ists! **Er allein** hat mir eine so innige Verehrung, ein so unbegrenztes Zutrauen eingeflößt, daß ich ihm alles zu werden wünsche, was ein edles und gutes Weib einem Manne wie Er sein kann, Freundin, Geliebte, Gattin, Mutter seiner Kinder, Teilnehmerin seiner Lebensweise und aller seiner Freuden und Leiden, Genossin aller seiner Vorzüge, und Vertraute aller seiner Gedanken, kurz seine treue und unzertrennliche Gefährtin durch alle Schicksale des Lebens bis in den Tod.

So, lieber Vater, denke ich mir das Verhältnis einer Gattin zu ihrem Manne, so denke ich mir die Pflichten, wozu sie sich verbindlich macht: aber wehe mir, wenn mich auch nur Eine derselben an einen Mann binden sollte, dem ich mich nicht aus freier Neigung ergeben hätte!

Noch weiß Krates nichts von meiner Gesinnung gegen ihn: aber ich kann kaum zweifeln, daß mir, wenn er **deinen** Beifall hätte, der **seinige** nicht fehlen würde. Und warum, mein Vater, solltest du ihm deinen Beifall versagen? Was könnte gegen ihn einzuwenden sein? Er stammt aus einem alten Thebanischen Geschlecht, – ein Vorzug, der dir vielleicht weniger gleichgültig ist als mir. Seine Armut kann ihm nicht zum Vorwurf gereichen, denn sie ist freiwillig; er war Erbe und Herr eines großen Vermögens; und was seine Gestalt betrifft, so denke ich, wenn er mir schön genug ist, werde das, was er in diesem Stück zu viel oder zu wenig haben mag, bei **dir** in keine Betrachtung kommen. Alles übrige spricht laut für ihn. Es dürfte schwer sein, in der ganzen Hellas einen Mann zu finden, der dem Bilde, das uns Xenophon und Simmias von dem weisen Sokrates hinterließen, ähnlicher wäre als er. Auch wird die Urbanität seiner Sitten, und die Anmut seines Umgangs allgemein gerühmt. Möchtest du ihn doch durch dich selbst zu kennen Lust bekommen! Ich bin gewiß, sein persönlicher Wert würde dich bewegen, über alles, was nur Personen die ihn **nicht** kennen, oder Toren, gegen meine Wahl einwenden werden, hinaus zu gehen, und deine Hipparchia durch eine Einwilligung glücklich zu machen, ohne welche sie zwar ewig deine gehorsame Tochter, aber auch nichts anders als deine Tochter, bleiben wird.

Den 16ten Skirrophorion.

XVII.
Hipparchia an Melanippe

Ich habe dir wenig erfreuliches zu berichten, meine Freundin. Mein Vater ist diesen Abend ziemlich spät angekommen. Ich ging ihm mit offnen Armen und klopfendem Herzen entgegen; aber er streckte mich mit einem Blick zurück, dessen Ernst mir durch die Seele ging, und mir das Ansehen einer Verbrecherin in seinen Augen geben mußte. Während ich einige Augenblicke im Boden eingewurzelt stand, eilte er an mir vorbei, und als ich mich zusammenraffte, ihm zu folgen, war er schon aus meinem Gesicht. Bin ich nicht eine Törin? Was für Ursache hatt ich denn seinen Ernst zu fürchten? Hab ich ihn beleidigt? Bediene ich mich nicht bloß meines Rechts? Und kann ich mehr tun, als ihm, falls er meine Wahl mißbilligt, angeloben, daß ich bleiben will wie ich bin?

Aber ich schreibe dir ja, als ob du meinen Brief, den er diesen Morgen durch deinen Verwandten erhielt, schon gelesen hättest? Hier ist er. Ich habe einen Teil der Nacht dazu angewandt diese Abschrift für dich zu machen. Sie ist voller Verkürzungszeichen, aber du wirst sie ohne große Mühe entziffern können.

Sage mir, findest du etwas in diesem Briefe, das einem immer begünstigten Kinde den Zorn eines zärtlichen Vaters zuziehen müßte? Hättest du denken sollen, daß er so stark an dem Sohne seines alten Freundes hinge? Freilich sind sie Stammgenossen; sein schönstes Gut grenzt unmittelbar an eine große Meierei des Chabrias, und vielleicht haben die alten Herren schon ein Plänchen zusammen gerechnet, wie, durch meine Überlassung an Leotychus, aus beiden Gütern ein prächtiges und einträgliches Ganzes werden könnte. Ein so leidenschaftlicher Landwirt, wie mein Vater, verliebt sich leidet in einen solchen Plan: aber ist es billig, daß ich Arme das Opfer davon werde?

Den 17ten Skirrophorion.

Mein Vater und Leukonoe haben sich, wie mir Lesbia sagt, schon seit einer Stunde eingeschlossen. Das Mädchen, das so feine Ohren hat wie ein Maulwurf, hörte die alte Dame ziemlich laut krähen, konnte aber nur einzelne Worte aufhaschen, woraus nichts abzunehmen war, als daß von **mir** die Rede sei.

Aus der ungewöhnlichen Kälte und Trockenheit, womit Leukonoe mir diesen ganzen Tag begegnete, so oft sie nicht vermeiden konnte mit mir zusammenzutreffen, schließe ich, daß sie unser Geheimnis aus der alten Myrto herausgepreßt hat. Nun wird sie mächtig große Augen gemacht haben, wie sie hörte, daß mein Vater alles, und noch mehr als sie ihm sagen konnte, bereits von mir selbst erfahren hatte. Das trotzige unverschämte Mädchen! hör ich sie ausrufen; und, erbittert wie sie auf mich ist, wird sie gewiß nichts vergessen, was ihn noch mehr gegen mich aufbringen kann. – Doch wozu plage ich mich mit solchen Gedanken? Es ist spät; ich habe in der letztern Nacht keine Ruhe gehabt; ich will mich in die Arme des Schlafs legen, und so sanft schlummern, wie es einem guten arglosen Mädchen zukommt, dessen einziges Verbrechen ist, daß sie den **ziemlich häßlichen Krates** (mit meiner Freundin Melanippe zu reden) dem bildschönen Gecken Leotychus vorzieht.

Den 18ten Skirrophorion.

Diesen Morgen, Liebe, habe ich den **ersten Sturm** glücklich ausgehalten. Leukonoe überfiel mich in meiner Schlafkammer, bevor ich mich völlig angekleidet hatte, was ich seit einiger Zeit immer selbst und ohne Beihülfe verrichte. »So war ich also eine Prophetin, ohne es selbst zu wissen!« fing sie mit ziemlich kreischender Stimme und höhnischem Naserümpfen an; »der schöne Krates also ist es, dem der kahlköpfige bucklichte, plattnasige Leotychus aufgeopfert wird! Eine herrliche Wahl, das muß ich gestehen! Bist du denn verrückt, Mädchen? Und oben drein noch die echt **cynische** Unverschämtheit, die so etwas dem Vater geradezu gesteht, und mit einer Entschlossenheit, als ob ihm nun weiter nichts übrig sei, als zu einer so tollsinnigen Wahl ja zu sagen!«

In diesem Tone fuhr sie mit einer unglaublichen Behendigkeit der Zunge, während ich mich vollends anzog, eine ganze Weile fort, ohne daß ich Miene machte, sie zu unterbrechen. Endlich währte mirs doch zu lange. Ich trat ganz gelassen, aber ohne die kleinste Spur von der Schüchternheit, die der ehrliche Krates an dem jungfräulichen Knaben Hipparchides bemerkt haben wollte, vor sie hin, und sagte ihr mit der äußersten Kaltblütigkeit:»Wozu dieser Strom von Schmähungen, liebe Tante? Sei so gut und sage mir mit Gelassenheit was du mir zu sagen hast, und ich will dir mit der Achtung antworten, die ich dir schuldig bin.«

Sie machte eine rasche Bewegung mit der Hand, als ob sie mir einen Schlag versetzen wollte, zog sie aber, mit einem, sehr unnötigen, Seitenblick auf meine zur Notwehr ziemlich kräftigen Arme, schnell wieder zurück.»Du solltest meine Tochter sein«, rief sie, »ich wollte dich fühlen lassen, was eine solche Rede verdient!«

»So ist es glücklich für mich, daß ich deine Tochter **nicht** bin«, erwiderte ich mit einem Ton, als ob ich ihr etwas sehr schmeichelhaftes gesagt hätte.

»Mädchen, Mädchen! Reize mich nicht durch deine herausfodernde Kaltblütigkeit!«

»Das ist ganz und gar nicht meine Absicht, **Leukonoe**; gerade weil ich dich gern **besänftigen** möchte, bleibe ich bei Beleidigungen, die ich nicht verdiene, so ruhig. Ich werde nie vergessen, daß du meiner guten Mutter Schwester bist.«

»Erinnere mich nicht an deine Mutter! Wie würde sie sich gegrämt haben, wenn sie eine solche Schmach an ihrer einzigen Tochter hätte erleben müssen? Wohl ihr, daß sie unter der Erde ist!«

»Wollte Gott! sie lebte noch«, rief ich bis zu Tränen gerührt:»Sie würde mir nicht begegnen wie du; sie würde mich anhören –«

»Was ist da anzuhören«, fiel sie mir in die Rede,»wenn die Tochter eines edeln Atheners, wie Lamprokles, sich einem im Lande herumziehenden Thebanischen Bettler an den Hals werfen will?«

»Wie?« fragte ich mit naiver kindisch-lächelnder Verwunderung, »hat dich **Krates wirklich angebettelt?**«

So aufgebracht sie war, konnte sie sich doch kaum des Lachens enthalten. Sie wandte sich plötzlich von mir weg, warf sich in einen Armstuhl, hustete ein paarmal, und schien unschlüssig, wie sie es anfangen sollte um mir beizukommen.

Ich fühlte Mitleiden mit der armen Frau: denn es war mir leichter, mich an **ihren** Platz, als **ihr**, sich an den meinigen, zu setzen. Ich näherte mich ihr langsam und ehrerbietig, und sagte:»Liebe Tante, denke nicht auf einmal so schlimm von einer Nichte, die du vierundzwanzig Jahre lang liebtest. Wenn du meinen Brief an meinen Vater gelesen hast, so wird dir, hoffe ich, nichts darin aufgestoßen sein, was eine so ungewohnte Strenge rechtfertigen könnte. Ich habe das mir zugestandene Recht ausgeübt, indem ich den **Leotychus** ausschlug, den ich unmöglich hoch genug achten kann, um sein Weib zu werden. Ich habe einen **andern** empfohlen, bei dem ich nichts zu wagen glaube, der in meinen Augen alles in sich vereinigt, was ich bei dem Manne finden will, mit welchem ich zu leben wünsche. Glaubt man, ich täusche mich, hält man mich nicht für verständig genug zu wissen, was mir das zuträglichste ist, so hat mein Vater ja das Recht, mir seine Einwilligung zu versagen. Aber wenigstens darf ich doch hoffen, daß man die Gründe für und wider meine Wahl in ruhige Erwägung ziehen werde. Der Mann, gegen den man eifert, ist weder dir, noch meinem Vater näher bekannt. Die öffentliche Meinung von ihm ist noch geteilt: aber das schlimmste, was man ihm nachsagt, ist doch nur, daß er ein **Sonderling** sei. Man wird sich unvermerkt an seine Sonderlichkeiten gewöhnen, und zuletzt wird über seinen Charakter und innern Wert nur Eine Meinung sein. Da indessen weder etwas unrechtes noch ungereimtes und beispielloses in meinen Wünschen ist, so sehe ich nicht, womit ich die ungütige Behandlung verdient hätte, die ich seit der Rückkunft meines Vaters erfahre: und so hoffe ich, du selbst werdest, nach ruhiger nicht bloß einseitiger Überlegung der Sache, finden, daß eine solche Behandlung kein Mittel ist, ein edles Gemüt zu Änderung seines Sinnes zu bewegen.«

Leukonoe schien, während ich sprach, mit ihren Gedanken anderswo zu sein, und mir nur mit halbem Ohre zuzuhören. Als ich wieder schwieg, stand sie hastig auf und sagte: »Du bist eine Sophistin, Hipparchia! ich verlöre nur meine Zeit, wenn ich mit dir über längst ausgemachte Dinge haberechten wollte. Ich werde mich nicht in deinen abenteuerlichen Liebeshandel mengen, sondern dich deinem Vater überlassen, der nun die schönen Früchte seiner überzärtlichen Nachsicht in reichem Maße erntet.« Mit diesem Worte begab sie sich weg, und ich habe sie den ganzen Tag nicht wieder gesehen.

Ich ließ meinen Vater durch mein Mädchen um Erlaubnis bitten, mit ihm zu sprechen. Es wurde mir, unter dem Vorwand daß er keine Zeit habe, abgeschlagen. Ich suchte ihm mehr als einmal im Garten zu begegnen: aber er ging mir immer schon von fern aus dem Wege. Man brachte mir das Essen auf mein Zimmer, und eine Stunde darauf erhielt ich Befehl, mich auf den folgenden Tag zu einer Reise auf unser Gut bei **Marathon** anzuschicken. Man hält es also für nötig, mich von Athen zu entfernen, und hofft vermutlich durch die **Zeit** von mir zu erhalten, was man sich auf keinem andern Wege zu bewirken getraut. Was mich bei dieser Versetzung am meisten kränkt, ist nicht, daß ich von Athen, sondern, daß ich weiter von **dir** entfernt werde. Diesem Ungemach kann indessen abgeholfen werden, wenn du einen zuverlässigen und schnellfüßigen Sklaven hast, dem wir unsere Briefe anvertrauen können. Den gegenwärtigen wirst du noch durch Besorgung deines treueifrigen Verehrers **Euthyphron** erhalten.

Siehe da **den Wolf in der Fabel**! So eben steckt mir Lesbia (die nicht weniger als ich selbst auf allen Tritten und Schritten beobachtet wird) die lang erwartete Antwort unsers Philosophen zu, die sie von dem unermüdeten Euthyphron, in einem unbewachten Augenblick, im Flug erhascht hat. Kannst du glauben, daß ich, mit der größten Ungeduld seinen Inhalt zu erfahren, dennoch eine gute halbe Stunde den Mut nicht hatte, das Siegel zu lösen? Mein pochendes Herz erinnerte mich an ein Wort, das ich dir in einem meiner letzten Briefe geschrieben hatte: »am Ende werde die größte Schwierigkeit in der Weisheit des Mannes liegen, mit dem wir es zu tun haben.« Meine Ahnung ist nur zu sehr eingetroffen! Welche Antwort! Welche Strenge! Welche Kälte! Wenn ihm auch nur ein Wort, ein einziges armes Wörtchen, entwischt wäre, woraus sich vermuten ließe, daß er sich Gewalt habe antun müssen, mir mit solcher Härte zu begegnen! Wie eifrig er sichs angelegen sein läßt, mich einem andern in die Arme zu jagen! – Sage, hätte mich eine solche Antwort nicht erbittern sollen? Und mir selbst noch gestehen zu müssen: er hat recht! er konnte mir, ohne seine Grundsätze zu verleugnen, keinen andern Rat geben! – Ich Törin! Warum stellte ich auch meine **Frage so**? Ich bin an allem selbst schuld! Konnte ich keine bessere Wendung nehmen, um an sein Herz zu kommen? Albernes Ding das ich war! Ich meinte wie gut ich meine Sache gemacht hätte, und nun seh ich klar, daß ich ihn in die Notwendigkeit setzte, mir diese Antwort zu geben, wenn er auch nicht gewollt hätte! Findest du es nicht auch so, Melanippe?

Ich setzte mich sogleich in der ersten Bewegung hin, und antwortete ihm, was mir meine Empfindlichkeit über ihn, und mein Unmut über mich selbst, eingab. Hier schick ich dir eine Abschrift beider Briefe. Den seinigen behalt ich zurück, um ihn so oft zu lesen bis ich mich mit ihm versöhne, oder – stark genug werde seinem Rate zu folgen; den meinigen soll er morgen erhalten, sobald ich abgereist bin.

Ich habe nur mit vieler Mühe erlangen können, daß Lesbia mich begleiten darf. Dafür aber wird mir eine alte hohläugige Sklavin meiner Tante, die, glaub ich, vor funfzig Jahren ihre Amme war, und ihrer **Wachsamkeit** wegen im Hause berühmt ist, als Aufseherin vermutlich, zugegeben, und zum Überfluß noch ein großer handfester Lümmel von einem **Kappadozier**, der uns zum Beschützer dienen soll. Lächerlich! Sie bilden sich doch nicht ein, daß ich ihnen davon laufen werde?

Schreibe mir, sobald du kannst, nach Marathon, und sage mir deine Meinung von meinem Briefwechsel mit dem weisen fischblütigen Böotier. Mich dünkt, ich bin nun um vieles ruhiger. Ich mache mir sehr angenehme Vorstellungen davon, wie **unsre Göttin** ewig Jungfrau zu bleiben. Leotychus wenigstens und meine Tante sollen nicht viel dabei gewinnen, daß Krates mich nicht haben will.

Den 19ten Skirrophorion.

XVIII.
Krates an Hipparchia

Da die unvermutete Umwandlung meines jungen Freundes Hipparchides in die schöne Hipparchia ohne Nachteil für ihn und mich (wie ich hoffe) abgelaufen ist: so wollen wir dazu als zu einer geschehenen Sache das Beste reden, oder, was noch ratsamer sein mag, gar nicht davon reden.

Alles was ich mir mit Rücksicht auf diese kleine **Anomalie** zu sagen erlauben will, ist, daß sie mir die Pflicht auferlegt, bei dem Rate, welchen Hipparchia von mir verlangt, um so behutsamer zu Werke zu gehen, je leichter es geschehen könnte, daß eine unfreiwillige Erinnerung an den verschwundenen Hipparchides den Ratgeber parteiischer machen könnte, als ihm erlaubt ist zu sein, wenn er das Vertrauen rechtfertigen soll, womit sie ihn begünstigt.

Du meldest mir, daß deine nächsten Verwandten dir einen Jüngling, den ich mit ganz Athen unter dem Namen des **schönen Leotychus** kenne, wider deine Neigung zum Gemahl aufdringen wollen; und du begehrst nun von mir zu wissen, ob du schuldig seiest, das Glück deines Lebens den Wünschen eines getäuschten Vaters aus kindlicher Liebe aufzuopfern?

Und wer ist, frage ich vor allen Dingen mich selbst, die Person, welche dir eine Aufgabe vorlegt, die vielleicht im Munde von tausend andern Attischen Töchtern nichts auffallendes hätte? – Ist es nicht eben diese **Hipparchia**, die, schon im frühen Morgen ihres Lebens vom Licht der Philosophie angestrahlt, aus der betäubenden Dumpfheit, worin die verpuppten Seelchen ihrer meisten Geschlechtsschwestern ihr Dasein verträumen, zum Gefühl der Würde ihrer Natur erwacht ist? die, nicht zufrieden sich in die bloßen Pflichten ihres Geschlechts einengen zu lassen, nach einer höhern und reinern Art zu sein, nach **männlicher** Weisheit und Tugend, kurz, nach dem höchsten Punkt, der dem Menschen erreichbar ist, emporzustreben sich getraut? Hätte diese Hipparchia nicht in demselben Augenblick, da jene Frage in ihrem Busen sich erhob, aus dem innersten Heiligtum **des Gottes in ihr** die Antwort vernehmen sollen:

»Was ist deine Tugend, wenn sie vor einem Opfer erschrickt, das sie der Pflicht bringen soll?«

Aber habe ich denn keine Pflichten gegen mich selbst, fragt die verkappte Eigenliebe. Nein, Hipparchia! **Pflichten** beziehen sich nur auf **Andere**. Der Mensch hat Pflichten gegen Eltern, Familie, Vaterland, gegen die Menschen überhaupt, gegen die ganze Natur: denn diese alle haben ein **Recht** an ihn, zu dessen Besitz sie nur insofern gelangen können, als er die davon abstammenden **Pflichten** erkennt und ausübt. Ohne Zweifel ist **Selbsterhaltung** die Grundlage aller Forderungen, welche die Natur in allen ihren Beziehungen auf uns macht. Ich muß **dasein**, um die Pflichten erfüllen zu können, womit ich der Natur verhaftet bin. Aber **dazu** wurden stärkere Springfedern als das bloße Pflichtgefühl erfodert. Dazu hat uns die Natur mit **Trieben** versehen, deren Wirkung so mächtig ist, daß es selbst den Weisesten und Besten nicht immer leicht wird, sie zu beherrschen, und den Pflichten, mit welchen sie immer im Streit liegen, zu unterwerfen. Sie kann sich in jedem Menschen sicher auf die Stärke dieser Triebe und auf ihre Hinlänglichkeit zu dem, wozu sie uns gegeben sind, verlassen. Aber es ist Selbsttäuschung, wenn der Mensch **Triebe** zu **Pflichten** adeln will, und so oft dies geschieht, liegt unfehlbar irgend eine **verschleierte Begierde**, sich aus eigennützigen Bewegursachen einer **wirklichen Pflicht** zu entziehen, im Hinterhalt.

Wenn ich dir aber auch, damit ich nicht um Worte zu streiten scheine, zugebe, daß du Pflichten gegen dich selbst habest: so bleiben sie doch immer **höhern** Pflichten untergeordnet, und das Selbst darf in keine Betrachtung kommen, sobald es mit dem, was wir andern schuldig sind, in Widerspruch gerät.

Aber hier bewundere mit mir die Weisheit der Natur, die uns eine solche Selbstverleugnung durch einen andern, edlern und nicht minder mächtgen **Trieb** erleichtert hat. Brauche ich dir diesen erst zu nennen, Hipparchia? Was sind wir nicht fähig für diejenigen zu tun, die wir **lieben**? Welche Mühe, welche Sorgen, welche Leiden sind uns zu schwer, wenn wir sie für eine geliebte Person auf uns nehmen?

Laß uns nun die vorgelegte Frage wiederholen, und ich glaube es dir selbst überlassen zu dürfen, daß du sie aus der sophistischen

Sprache des Eigennutzes in die Sprache des reinen Pflichtgefühls übersetzest. Wie? Die edelmütige Hipparchia hätte nicht Stärke genug, aus Liebe zu einem Vater, der die zärtlichste Anhänglichkeit um sie verdient hat, ihre Wünsche den seinigen aufzuopfern? Wie konnte sie, ohne von irgend einer selbstsüchtigen Leidenschaft verblendet zu sein, im ersten Augenblick, da ein Zweifel hierüber in ihrer Brust aufstieg, sich selbst verbergen, die kindliche Liebe müsse sehr schwach sein, die der Pflicht ein solches Opfer nicht mit Freuden zu bringen vermochte?

Und worin besteht es denn am Ende, dieses schwere Opfer, welches ein gütiger Vater mehr von der Liebe seiner Tochter **erwartet**, als von ihrer Pflicht **fodert** ? Wenn die Rede davon wäre, daß sie, wie **Andromeda** und **Psyche**, um den Göttern für irgend ein schweres Verbrechen ihrer Erzeuger zu büßen, einem Ungeheuer ausgeliefert werden sollte, so möchte ihr eine Anwandlung von Mitleiden mit sich selbst billig zu verzeihen sein. Aber dem schönen, talentvollen, zu den ersten Würden der Republik geeigneten **Leotychus**, wäre er auch mit viel größern Fehlern behaftet als du an ihm rügest, zur Gemahlin gegeben zu werden, wird, außer dir selbst, schwerlich jemand für ein großes Unglück halten. Die Fehler, die dich so sehr an ihm beleidigen, würden dir unbedeutend scheinen, wenn du ihn liebtest. Es sind teils Fehler der Jugend, die sich unvermerkt von selbst verlieren, teils ziemlich allgemeine Eigenschaften der Leute seines Standes und der Männer überhaupt. Sie sind weder unheilbar, noch so beschaffen, daß ein Mann, der von andern Seiten schätzenswürdig ist (und das muß er doch sein, da er den Beifall deines Vaters hat), sich um ihrentwillen der Achtung eines tugendhaften Weibes unwert halten sollte: noch viel weniger könnten sie dich verhindern, die heiligen Pflichten der Gattin und Mutter zu erfüllen, und im Bewußtsein sie erfüllt zu haben dich glücklich zu fühlen.

Wenn du deine Lage in diesem Lichte betrachtest, edle Hipparchia, so sehe ich nicht, warum du nicht mit einiger Anwendung der Seelenstärke, die du zu besitzen scheinst, zu der verdienstlichen Entschließung gelangen könntest, den Wünschen deines Vaters nachzugeben, und, um den Preis einer großmütig aufgeopferten Neigung oder Phantasie, das schöne Bewußtsein zu erkaufen, daß die Zufriedenheit seiner alten Tage das Werk deiner Tugend sei.

Den 18ten Skirrophorion.

XIX.
Hipparchia an Krates

Nein, ehrwürdiger Krates, ich will gegen dich, oder die Weisheit die aus dir redet, nicht **die Sophistin** spielen! Ich will auch nicht fragen, ob du mit einem **wirklichen** Hipparchides, der sich in meinem Fall befunden hätte, eben so streng verfahren wärest, als mit der armen, in ihre eigene Gestalt zurückgeschreckten **Hipparchia**. Ich danke dir vielmehr für diese Strenge: sie ist heilsam, sie führt mich zu meiner Pflicht zurück.

Ich will sie bekämpfen, und werde sie bezwingen diese **selbstsüchtige Leidenschaft**, die den Wahn, daß ich mir selbst etwas schuldig sei, in mir erzeugte, und es mir schwer machte, das, was ich (vielleicht **auch hierin** getäuscht) für das Glück **meines Lebens** hielt, den Wünschen eines liebenden und geliebten Vaters aufzuopfern. Du hast mich zu dem demütigen Gefühl gebracht, wie viel mir noch fehlt, bis ich mich, ohne deinem Ruhm zu schaden, für deine Schülerin bekennen dürfte: aber den Mut weiser zu werden, will ich darum nicht aufgeben. Fahre fort, o mein ehrwürdiger Meister, mich ohne Schonung in dem Pflichtgefühl zu stärken, das du wieder in mir erweckt hast; du sollst nicht vergebens arbeiten! Möchte nur irgend eine freundliche Gottheit das Wunder, was die Göttin **Isis** an der **Tochter** des **Ligdus**[12] getan haben soll, an mir wiederholen, und die unglückliche **Hipparchia**, die ein tyrannisches Vorurteil deines Umgangs und mündlichen Unterrichts beraubt, um beides ungehindert genießen zu können, in diesem Augenblick auf ewig in einen wirklichen **Hipparchides** verwandeln!

Den 20sten Skirrophorion.

---

[12] Namens Iphis. Ovid erzählt es zu Ende des 9ten Buchs seiner Verwandlungen.

XX.
Ebendieselbe an Melanippe

Diesen Morgen ließ mich mein Vater in sein Kabinett rufen, um mir meine Verweisung auf sein Landgut zwischen **Marathon** und **Brauron** selbst anzukünden. Ich fand ihn in seinem Armstuhl sitzend, und näherte mich ihm langsam und wider meinen Willen schüchtern; denn ich hatte mir vorgesetzt heiter und ruhig zu sein. Strenger Ernst und stiller Gram hingen wie ein Gewölk um seine ehrwürdige Stirn; nur der Ton, womit er mich anredete, war sanfter als ich bei seinem ersten Anblick hoffen durfte. Nach einer ziemlich langen Pause fing er an: »Hipparchia, du gehst nach Marathon; die Luft von Athen taugt nicht länger für dich.«

Hier hielt er ein, einen Blick auf mich heftend, der mich weichherziger machte als mir lieb war.

»Hipparchia«, fing er wieder an, »wann hätt ich je gedacht, daß du, das Kind meines Herzens, das mir immer nur Freude machte, das mir so teuer war, weil dein Anblick mir immer deine Mutter in der Blüte ihres Lebens vor die Augen stellte, wann hätt ichs je für möglich gehalten, daß du mich dahin bringen würdest, mich anders als durch meinen Tod von dir zu trennen?«

Innigst gerührt ließ ich mein Gesicht auf seine Hand sinken, und er mußte fühlen, daß sie von meinen Tränen naß wurde. »O mein Vater«, rief ich sobald ich zu reden vermochte, »laß mich immer bei dir bleiben! Warum willst du deine Hipparchia verstoßen?«

Auf einmal stieg die finstere Wolke wieder über seinen Augenbrauen auf; er entzog mir seine Hand, und ich wankte etliche Schritte zurück. »Verkehrtes, unbegreifliches Mädchen! wie kannst du einen jungen Mann wie Leotychus, den Sohn meines Freundes, die anständigste und unverwerflichste Partie, die ich in ganz Attika für dich finden konnte, verschmähen, um dich einem mißgeschaffnen, grillenfängerischen, vor lauter Weisheit übergeschnappten, lumpichten Böotier an den Hals zu werfen?«

»Verzeihe, mein Vater, er ist nichts von allem diesem.«

»Der Mensch muß einen Zauber auf dich geworfen haben, Mädchen? Du bist deiner Sinne nicht mehr mächtig! Und ich sollte dich, nach der wahnsinnigen Erklärung, die du mir getan hast, noch länger in seiner Gewalt lassen?«

»Er kennt mich nicht einmal, mein Vater, er weiß nicht –«

»Wie? (fiel er mir in die Rede) Du erfrechest dich mir zu sagen, er kenne dich nicht, und du bist, deinem eigenen Geständnis nach, seit vier Monaten beinahe alle Tage mit ihm zusammen gekommen!«

»Seit dem 6ten Thargelion nicht wieder, und vorher in einen Jüngling verkleidet, wie ich dir in meinem Briefe gestanden habe. Er kannte mich nie als Hipparchia.«

»Also **itzt** wenigstens kennt er dich, als das was du bist!«

Ich erblaßte über meine Unvorsichtigkeit.

»Unglückliche«, rief er mit einem Blick der mich zittern machte, »du gebrauchst Kunstgriffe gegen deinen Vater?«

»O lieber Vater, denke nicht so wegwerfend von deinem Kinde! Ich erblaßte nicht aus der schnöden Ursache die du argwohnst. Ich schwöre dir bei der heiligen **Athene**, Krates hat mich nie als Hipparchia gesehen noch gesprochen. Er weiß nichts von meiner Neigung, und ist weit entfernt sie zu erwidern.«

»Und das hoffst du mich glauben zu machen?«

»Glaub es deinen Augen«, rief ich, vom schmerzlichsten Gefühl des Unrechts, das ihm und mir zugefügt wurde, überwältigt, indem ich seinen Brief aus dem Busen hervorzog, und meinem Vater überreichte.

»Was soll mir das?« fragte er.

»Es ist die Antwort, die ich von Krates auf den ersten und einzigen Brief erhielt, den ich an ihn geschrieben habe.«

»Du schriebst also zuerst an ihn?«

»Um mir über meinen Fall mit Leotychus seinen Rat auszubitten.«

»Und was riet er dir?«

»Meinem Vater ohne Weigerung zu gehorchen.«

Lamprokles schien verwundert und verlegen. Er überlas den Brief, erst flüchtig, dann an einigen Stellen langsamer, wiegte den Kopf (wie er zu tun pflegt, wenn ihm etwas bedenklich oder unglaublich vorkommt) und schwieg eine gute Weile. Ich stand in verwirrter Erwartung, nachsinnend und ungewiß, ob ich recht oder unrecht getan ihm den Brief zu geben.

»Hipparchia«, sagte endlich mein Vater, nachdem er bis zum Schluß des Briefs gekommen war, »du kannst nichts bessers tun als dem Rat dieses Krates zu folgen, der wenigstens ein ehrlicher Mann zu sein scheint.«

»Ich wünsche ihm folgen, ich wünsche dir gehorchen zu können, mein Vater; aber ich fürchte, es ist mehr als in meinem Vermögen steht.«

»Albernheit, Albernheit!« rief er, »unwürdig einer Tochter, die immer so verständig war!«

»Das Herz, lieber Vater, ist nicht immer in unsrer Gewalt.«

»Das ist nicht die Meinung deines Philosophen! – Gut! Ich will dir Zeit zum Besinnen lassen – drei, vier Dekaden, noch mehr, wenn es sein muß. Der stille einsame Aufenthalt auf meinem Gut bei Marathon schickt sich ganz dazu, dich wieder zu dir selbst zu bringen, und die Harmonie zwischen deinen Neigungen und Pflichten wieder herzustellen. Gehe, Hipparchia«, setzte er hinzu, indem er von seinem Sitz aufstand, – »in kurzem hoffe ich dich unter einem fröhlichem Gestirn wiederzusehen«; und damit schlüpfte er eilends in sein Schlafzimmer, und schloß die Tür hinter sich.

Ich stand noch einige Augenblicke wie verblüfft, und nun erst merkte ich, daß er meinen Brief mit sich genommen hatte. Warum, wozu tat er das?

Meine Gedanken liefen hin und her. Zuletzt schien es mir, meine Übereilung könnte doch eher gute als nachteilige Folgen haben, und ich wurde ruhiger, indem ich dieser Vorstellung nachhing.

Alles war zur Abreise fertig. Ich wollte noch von meiner Tante Abschied nehmen, aber sie war diesen Morgen in aller Frühe nach Munychia abgegangen. Sie will mich fühlen lassen, wie ungehalten sie auf mich ist: aber vor ihrer ungebetenen Tätigkeit werd ich mich darum nicht weniger zu fürchten haben.

Ich bin nun auf dem Gut bei Marathon angekommen. Das Haus ist ansehnlich und bequem, mit den schönsten Ahornen und großen Pflanzungen fruchtbarer Bäume aller Arten umgeben. Die Landschaft ist eine der anmutigsten in Attika. Aber ich bin **allein**, und, (wie Lesbia von der alten **Krobyle** gehört hat) es soll mir nicht erlaubt sein, weder Besuche zu geben noch anzunehmen. Da ich zu weit von dir entfernt bin, um einen Besuch von **dir** hoffen zu können, so ist mir diese Einschränkung sehr gleichgültig; desto mehr werde ich mich mit meinen eigenen Gedanken unterhalten. Es fehlt mir nicht an Büchern, und das große göttliche Buch, worin ich am liebsten lese, liegt überall, wo ich hinblicke, vor mir aufgeschlagen. Die Lehren, die ich daraus ziehe, sind der Absicht, weswegen man mich hieher verbannt hat, nicht sehr förderlich. Mir fehlt hier nichts als **du und Krates**, oder auch, im Notfall, Krates allein, um mich, bei dem geringsten Anteil von allem andern was zum menschlichen Leben gehört, für das glücklichste aller Wesen zu halten.

In Ermanglung deiner selbst, liebste Melanippe, sind itzt deine Briefe ein sehr dringendes Bedürfnis für mich: denn mir ist nur gar zu oft, als ob du noch der einzige Faden seiest, an dem ich mit der Welt zusammen hange.

Den 21sten Skirrophorion.

XXI.
Melanippe an Hipparchia

Der alte Großoheim ist endlich auf immer schlafen gegangen, sein Schatten nach Attischem Gebrauch aufs vollständigste beruhigt worden, und meine Mutter in voller Arbeit, seine sämtliche Verlassenschaft in Besitz zu nehmen, und dann je eher je lieber nach Athen (außer welchem, wie sie sagt, kein Leben ist) zurückzukehren.

Unser Freund Euthyphron, dessen Anhänglichkeit an mich durch den Zuwachs von dreißig Talenten zu meinem künftigen Erbgut nicht vermindert worden ist, wird inzwischen immer auf der Straße sein unsern Briefwechsel zu befördern, und uns fleißig mit den Neuigkeiten zu versehen, an denen uns gelegen ist. Er hat sich zu diesem Ende einen Thracischen Klepper angeschafft, der dem Winde zu gleich lauft; und er scheint es dir nicht wenig Dank zu wissen, daß du ihm eine so schöne Gelegenheit gibst, sich um mich verdient zu machen.

Die Antwort, die du von unserm Philosophen bekommen hast, ist gerade wie ich sie von einem Mann erwartete, den sein einmal erwähltes System zum **Selbstpeiniger** verdammt. Sein **Kopf** und seine **Hand** durften dir keinen andern Rat geben: aber ich will meine ganze Erbschaft verloren haben, wenn sein **Herz** nicht jedes Wort, was er zu Gunsten des schönen Leotychus verliert, mit lautem Pochen Lügen straft. Aber beinahe eben so laut muß ich, mit deiner Erlaubnis, über die Antwort lachen, die du ihm stehendes Fußes, im ersten Feuer deiner Dankbarkeit für seine guten Lehren, hast zukommen lassen. Wenn du glaubst, er werde alle die schönen Dinge, die du ihm geschrieben, im buchstäblichen Sinne nehmen, und den verliebten Verdruß nicht merken, der aus deinen Versicherungen und guten Vorsätzen, wie die bloße Haut aus dem durchlöcherten Mantel einer Bettlerin, hervorscheint, so betrügst du dich gewaltig, liebe Hipparchia: die Antwort, die dir Euthyphron morgen unfehlbar zu überbringen hat, wird meine dreiste Vorhersage rechtfertigen. Aber was das Ende von dem allem sein wird, so weit erstreckt sich meine Weissagungsgabe nicht. Doch bin ich nicht ohne Hoffnung, daß der Brief, den du deinem Vater zu lesen gegeben hast, etwas mehr als einen bloß vorübergehenden Eindruck auf ihn gemacht haben könnte. Der Umstand, daß er ihn zurück behalten hat, ist von guter Vorbedeutung. In der Tat, Liebe, wenn du ihm den Brief mit Vorbedacht hättest in die Hände spielen wollen, du hättest die erste Gelegenheit dazu mit keiner bessern Art ergreifen können.

Gegen deine Verweisung in die reizenden Gefilde von Marathon hab ich nichts einzuwenden, als die Entfernung von **Acharnä**, und ein geheimes Grauen vor deiner Nachbarin, der **Diana** zu **Brauron**. In ganzem Ernst, es kommt mich zuweilen eine Furcht an, du möchtest einmal in einer deiner heroischen Launen pfeilgerade nach dem Tempel der Göttin rennen, und ihr ewige Jungfrauschaft angeloben. Denn daß weder **Artemis** noch **Isis** es so übel mit dir meinen, dich in einen Jungen zu verwandeln, darauf kannst du dich verlassen. Mit der schönen **Iphis** war es ein ganz anderer Fall. Was hätte das arme Ding, heimlicher Weise von der Mutter als ein Junge aufgezogen, und vom Vater (dem ihr Geschlecht ein Geheimnis bleiben mußte) an das schönste Mädchen in ganz Kreta verheiratet, mit seiner geliebten Braut anfangen sollen, wenn die Götter sich ihrer nicht angenommen hätten? Vergiß nicht, was ich von dir selbst gelernt habe, daß es nicht erlaubt ist, einen Knoten durch Dazwischenkunft einer Gottheit zu zerhauen, so lange noch ein natürliches Mittel ihn zu entschlingen übrig ist.

Du siehst, liebes Schwesterchen, ich tue mein Bestes, dich mit meiner guten Laune anzustecken. Kurz und unverblümt von der Sache zu reden, ich habe, in Hoffnung eines glücklichen Ausgangs, dieser Tagen ein paar Dutzend prächtige Rosenstöcke in Töpfe gesetzt, die bis zum nächsten **Gamelion** voller Rosen für dich hangen sollen; und wenn die Unglücksprophetin **Kassandra** selbst käme, und mir Jammer und Not ankündigte, ich würde ihr, mit aller gebührenden Urbanität, die Tür weisen.

Den 3ten Hekatombäon. (Julius.)

XXII.
Diogenes an Krates

Ich borge die Augen und die Hand meines Freundes **Xeniades**, um deinen Brief zu lesen und zu beantworten; denn meine eigenen wollen mir die gewohnten Dienste nicht mehr tun. Ich hätte großes Unrecht, wenn ich mich darüber beklagen wollte. Ich habe mein neunzigstes Jahr hinter mir; es ist, wie du siehst, endlich Zeit vom Gastmahl der Natur aufzustehen, und, mit Dank, zu sagen **ich bin satt**. Das wollen die Götter der Liebe und der Freude nicht, daß ich über das glückliche Unglück **lachen** sollte, das du gehabt hast, da du, in aller Unschuld und Unbefangenheit deines Herzens einherschlendernd, unversehens in Liebe gefallen bist. Ich selbst habe zwar, weil mein Schicksal es so wollte, mein ganzes langes Leben ehlos, wiewohl nicht kinderlos, zugebracht; denn die Söhne meines Xeniades sind durch Erziehung und Liebe die meinigen geworden: aber noch in dem hohen Alter, wozu ich gelangt bin, haben mir die Götter so viel gesunden Menschensinns übrig gelassen, daß ich mich, bei Gelegenheit deines Abenteuers, noch mit zartem Gefühl der schönen Lais erinnerte, deren großherziger Denkart ichs zu danken habe, daß ich nicht aus der Welt gehen muß, ohne erfahren zu haben, wie glücklich ein Weib, wie Lais, einen Mann, wie Diogenes, machen kann. Ich denke zwar nicht, daß ein Mann, der sich der Philosophie und den Musen ergeben hat, heiraten soll, wenn ers Umgang haben kann: aber **dein** Fall mit Hipparchia gehört unter die Ausnahmen. Wäre mir im Lauf meines Lebens eine Hipparchia aufgestoßen, die es so ernstlich mit mir gemeint hätte, wie diese mit dir, ich hätte sie nicht abgewiesen, das versichre ich dich! Was die Leute dazu sagen werden, soll dich so wenig kümmern, als es mich gekümmert hätte. Die Frage ist, wie du selbst dich bei ihr befinden wirst? Eine Gattin wie Hipparchia, kann weder der Freiheit deines Geistes noch der Ruhe deines Gemüts gefährlich werden; und wenn sie nicht so schön wäre als du mich versicherst (vielleicht weil du sie mit den Augen der Liebe siehst), so würde ich mit Platons Aristophanes sagen, du hättest glücklicher Weise **deine Hälfte** gefunden.

»Aber der Vater wird nicht einwilligen.« – Das ist freilich eine schlechte Aufmunterung! Und doch! warum solltest du, mit allem dem, was du persönlich wert bist, die Freundschaft eines verständigen und wackern Mannes nicht gewinnen können? Zumal eines Vaters, der seine Tochter so zärtlich liebt wie dieser. Ich sehe hier keine Unmöglichkeit: und so lange das, was wir wünschen, nicht schlechterdings unmöglich ist, wär es voreilig alle Hoffnung aufzugeben.

Inzwischen, lieber Krates, hast du dich gegen Hipparchia auf eine deiner würdige Art benommen. Du konntest ihr, da sie deinen Rat verlangte, keinen andern geben, als die Pflicht der Neigung vorzuziehen; und da dein Begriff von der Pflicht auch der meinige ist, so habe ich dir darüber nichts weiter zu sagen. Wenn wir nicht glücklich **sind**, so ist es doch schön, wenn wir es zu sein **verdienen**. Wie aber auch die Würfel fallen mögen, glücklicher kannst du mit Hipparchia werden, unglücklich, auch ohne sie, niemals!

Lebe wohl, Krates! Wenn du etwas an **Sokrates**, **Antisthenes**, **Krito** und ihre Freunde zu bestellen hast, so melde mirs in Zeiten: denn ich werde jenseits erwartet, und wahrscheinlich ist der Augenblick der Abreise nicht mehr fern.

Den 30sten Skirrophorion.

XXIII.
Krates an Hipparchia

Mit solchen Gesinnungen, solchen Entschließungen, wie deine Antwort mir zeigt, edle Hipparchia, bist du was du sein sollst; **so** beweisest du dich der Philosophie würdig, der du dich ergeben hast: der Philosophie, die, anstatt ihre Freunde mit spitzfündigen Grübeleien über das Unbegreifliche und Unerreichbare um ihr Dasein zu betrügen, sie geraden Wegs zu dem erreichbaren hohen Ziel ihrer Bestimmung hinführt, und die göttliche Idee der Tugend in ihrem Leben darzustellen strebt. Nur eine gefühllose Härte könnte mich fähig machen, die leise Klage zu schelten, die dir über meine Strenge entfahren ist. Wie grausam müßte der Wundarzt sein, der, während einer schmerzhaften Operation, dem Leidenden nicht einen kleinen Schrei oder eine sanfte Klage über die Hand, die in seiner Wunde wühlt, zugut halten wollte?

Wenn ich recht mutmaße, daß du deiner Pflicht gegen deinen edeln Vater nicht bloß eine **Abneigung**, sondern (was freilich ein weit größeres Opfer ist) eine an sich selbst untadeliche **Neigung** aufopferst, so wird der Sieg, den du über dich selbst erhalten wirst, desto verdienstlicher sein. In diesem Fall möchtest du vielleicht glauben, dein kaltblütiger Arzt habe gut operieren und Vorschriften geben, da er die brennende Schärfe seines Messers, und die Bitterkeit seiner Arzneien nicht aus eigner Erfahrung kenne. Ich will dich nicht länger in diesem Irrtum lassen, Hipparchia. Glaube mir, nur das Bewußtsein, daß ich nicht schonender mit mir selbst verfahre, konnte mir Mut machen, so strenge Forderungen an dich zu tun. Mein ganzes Herz hängt mit der reinsten Liebe an einer Person, die Alles was liebenswürdig ist in sich vereinigt. Ich bin überzeugt, sie ist die einzige, mit der ich in der engsten Verbindung glücklich sein würde. Aber unersteigliche Hindernisse liegen mir im Wege. Heilige Pflichten untersagen mir jeden Versuch, diese Hindernisse zu überwältigen. Ich fühle die ganze Stärke dieser Pflichten; aber ich fühle auch die ganze Schwäche der Menschennatur, und der Sieg kostet manchen harten Kampf. – Möge dies Geständnis dich mit der Strenge deines Freundes versöhnen!

Zwei unumschränkte Mächte fodern von dem freien Menschen unbedingte Unterwerfung, die **Notwendigkeit** und die **Pflicht**. Wohl dem, der schon so früh wie du in der Schule der Weisheit an den **Gehorsam** gewöhnt wird, welchen er **jener** nicht entziehen **kann, dieser** nicht entziehen **darf**.

Den 28sten Skirrophorion.

XXIV.
Hipparchia an Melanippe

Da, Melanippe, lies – und erstaune! – Zum zweiten- und drittenmal hab ichs gelesen, und frage mich noch immer ob meine Augen bezaubert sind. Wer hätte sich das vorgestellt? – Arme Hipparchia! – Aber du, Melanippe, warum mußtest du meiner Torheit schmeicheln? Warum das glimmende Fünkchen, dessen ich mir kaum bewußt war, recht geflissentlich anfächeln und nähren? Siehe nun, du vorschnelles Mädchen, was du angerichtet hast! – Mir fahren seltsame Gedanken durch den Kopf. – Ist sein Herz wirklich für eine Andere eingenommen? (Zu Athen lebt sie nicht, das bin ich gewiß!) Oder hätte er vielleicht gar in meinen Briefen an ihn etwas von meinem Geheimnis gewittert, und das alles, was er mir im Vertrauen von seiner unglücklichen Herzensangelegenheit schreibt, wäre bloß erdichtet, um mir auf einmal alle Hoffnung zu benehmen, und seinen leidigen Ermahnungen einen desto größern Nachdruck zu geben? – Schreibe mir unverzüglich, was du von der Sache denkst.

Den 2ten Hekatombäon.

XXV.
Melanippe an Hipparchia

Daß man die Liebe mit einer Binde um die Augen malt, ist eine bekannte Sache: aber, daß sie auch ein Mädchen mit so hellen Junonsaugen und einem so klaren Verstand, wie meine Freundin, blind, stock- und starrblind machen könne, hatte ich erst noch zu lernen. Wie? Du merkst wirklich nichts? Greifst nicht mit Händen, daß der ungenannte Gegenstand seiner zarten Liebe keine andere ist als Hipparchia, Lamprokles Tochter, eine Dame, an welche freilich ein Mann wie der bescheidenstolze Krates vernünftiger Weise keinen Anspruch machen kann; zumal da sie von ihrem vornehmen und reichen Vater bereits an den vornehmen, reichen, und obendrein schönen Leotychus versagt ist. Gute, weise, scharfsinnige Hipparchia, siehst du denn nicht, daß der feinste aller Attischen Köpfe keine feinere Art, dir eine verdeckte Liebeserklärung zu tun, hätte ersinnen können als eben diese?

Stille also deinen Schmerz, liebe Seele, und gib den Gedanken, die dich um nichts und wieder nichts quälen, nicht länger Gehör! – Du wirst sagen, meine Erklärung sei aufs höchste eine bloße Hypothese. Laß es sein was du willst, und antworte ihm nur, als ob meine Hypothese die einzig wahre wäre, d. i. als ob du ihn zwar nicht verstehen **wolltest**, aber sehr gut verstanden **hättest**; und du wirst sehen, es tut Wirkung.

Du hast vermutlich schon erfahren, daß dein Bruder **Metrokles** von seiner langen Reise endlich zurückgekommen ist. Mich verlangt zu sehen, was für schöne Sachen er uns von Karthago und Syrakus mitgebracht hat. Aber noch ungeduldiger bin ich, was er zu dem Heiratsantrag des alten Chabrias sagen wird. Leotychus und er haben sich, wie ich höre, von der Schule her nicht recht leiden können. Das ist Wasser auf unsere Mühle, Hipparchia!

Meine Mutter kam dieser Tagen auf den Einfall, Leotychus, weil du ihn doch nicht haben wolltest, wäre so ein Mann für mich. **Euthyphron**, meinte sie, sei wohl ein guter Mensch; aber nun, da ich eine der besten Partien in der Stadt geworden, sei er nicht mehr reich genug für ihre einzige Tochter. »Liebe Mutter«, sagte ich, »du bist sonst eine treffliche Rechnerin, aber diesmal rechnest du nicht gut. Legen wir ihm das, was er itzt **zu wenig** für **mich** hat, von dem, was ich **zu viel** für **ihn** habe, zu, so ist das Gleichgewicht wieder gestellt.« Sie nannte mich einen Kindskopf; aber ich fiel ihr um den Hals und liebkosete ihr so lange, bis sie mir ihr Wort gab, der erste Gamelion sollte unser Hochzeittag sein. Wär es nicht abscheulich, wenn der arme dienstfertige Vetter für all sein Laufen und Rennen und Spionieren und Briefchenbestellen, am Ende mit einem kahlen Schöndank! abgefunden worden wäre? Aber bis wir uns zu Athen wiedersehen, soll er seinen Botenlohn noch redlich verdienen!

    Den 7ten Hekatombäon.

XXVI.
Hipparchia an Krates

Wir sind einander auf einem seltsamen Wege begegnet, bester Krates; aber da wir uns nun einmal begegnen sollten, warum wollten wir nicht, so lange als möglich, munter und traulich mit einander fort stapfen? Unsre Gesinnungen, unser Schicksal, unser Anliegen, alles hat so viel Ähnlichkeit, daß ich fest glaube, wir **mußten** einander zu unserm wechselseitigen Troste finden. Es scheint wunderlich, aber dein Beispiel macht mir Mut, und ich denke das meinige sollte bei dir dieselbe Wirkung tun. Warum wollten wir der Hoffnung entsagen? Mein Vater, wenn er meine Beharrlichkeit sieht, wird nicht unerbittlich bleiben; und auf der andern Seite, wie sollte ein Mann wie du unübersteigliche Schwierigkeiten finden?

Verzeihe indessen deiner Schülerin und Freundin, daß sie ungeduldig ist, die Glückliche, die du allen andern vorziehst, kennen zu lernen. Wenn sie sich mir entdecken wollte, wer weiß ob ich nicht Mittel fände, euch zu dienen? Wenn du liebst, so wirst du unfehlbar wieder geliebt, und wer wollte sich da nicht eine Pflicht daraus machen, die Zufriedenheit eines solchen Paars zu befördern? Ich hoffe, du wirst dir aus **meiner** Zurückhaltung keinen Beweggrund machen, auch gegen **mich** zurückhaltend zu sein. Geziemt in solchen Fällen einem Mädchen nicht Schüchternheit? Aber zu dir hat mein Vertrauen keine Grenzen, und sobald du mir den Namen deiner Geliebten entdeckst, sollst du auch unter dem Siegel der Verschwiegenheit erfahren – Doch nein! zu viel will ich nicht versprechen. Mein Geheimnis gehört nicht mir allein: es ist in der Gewalt meines Freundes, und nur wenn ich seine Einwilligung erhalte, darf und soll Krates in Hipparchiens innerster Seele lesen.

Den 12ten Hekatombäon.

XXVII.
Metrokles an Hipparchia

Freue dich mit mir, liebe Schwester! Die Götter haben deinen **Metrokles**, nach einer Wanderschaft von zwei vollen Jahren, glücklich wieder in das väterliche Haus zurückgeführt. Welch ein Augenblick das war, da mir, auf dem Verdeck sitzenden und mit unverwandten gierigen Augen nach meinem geliebten Ithaka hinstarrenden, auf einmal der ehrwürdige **Cekropische Fels** mit dem schimmernden **Parthenon** auf der Stirne wieder sichtbar wurde! In meinem Leben werd ich nichts mehr fühlen, was diesem überströmenden Wonnegefühl gleicht. – Ich habe viel erwandert, viel Großes und Wunderbares gesehen, aber eine Stadt, die mit unserm schönen **Athen** zu vergleichen wäre, gibt es auf dem ganzen Erdboden nicht. Doch davon künftig, wenn wir, Alle wieder vereinigt, im häuslichen Kreise unter dem prächtigen Ahorn unsers Vorhofs sitzen, und ich in eurer Mitte, eben so geschwätzig, aber weniger lügenhaft als Odysseus, euch die Abenteuer meiner Herumirrungen erzählen werde.

Als ich unserm Hause mit raschen Schritten zueilte, wie freute ich mich, meine Hipparchia, nach einer so langen Trennung dein liebes Angesicht wieder zu sehen! Ich hatte, um euch nicht gar zu unversehens zu überraschen, meinen **Dromo** vorangeschickt, und hoffte, du würdest die erste sein, die mir aus der Tür des väterlichen Hauses mit offnen Armen entgegen flöge. Ich fand mich übel getäuscht. »Wo ist Hipparchia?« rief ich mit ängstlich klopfendem Herzen, und erfuhr nun nach und nach – alles, was mir deine Abwesenheit begreiflich machen sollte. Aber wie wirst du dich wundern, wenn ich dir sage, daß ich (den einzigen Umstand deiner Verweisung nach dem Marathonischen Gut ausgenommen) von deiner Geschichte bereits so gut und noch besser unterrichtet war, als der Vater und die Tante?

Du vermutest ohne Zweifel, ich werde einen Zauberspiegel oder einen magischen Ring, der mir die Geister unterwürfig macht, von meinen Reisen mitgebracht haben? Das nicht, Schwesterchen! Laß dir sagen, wie es damit ganz natürlich zuging. Ich brachte (wie du weißt) vor meiner Reise drei Jahre zu Korinth zu. Dort lernte ich deinen Freund Krates kennen, gesellte mich zu seinen Schülern, gewann seine Zuneigung, ward ein ganz andrer Mensch durch ihn als wie du mich vorher kanntest, und faßte dafür auch eine Liebe zu ihm, die nur mit meinem Leben erlöschen wird. Als ich auf meiner Rückreise von Syrakus nach Korinth kam, war mein erstes, dem Philosophen Krates nachzufragen. Ich erfuhr von dem neunzigjährigen Diogenes (der seit mehrern Jahren bei seinem edeln Freund Xeniades lebt und in diesem Hause wie ein guter Genius angesehen und geehrt wird), daß er seit geraumer Zeit nach Athen gezogen sei. Wie der ziemlich schwach gewordene Greis sich endlich meiner Person und der ehemaligen Zuneigung seines Freundes zu mir wieder erinnerte, trug er kein Bedenken, mir Alles, was ihm von deinem Verhältnis zu demselben bekannt war, zu entdecken, und mir sogar die von Krates erhaltenen Briefe mitzuteilen. Ich weiß also Alles, liebe Schwester, und ich kann dir nicht ausdrücken, wie glücklich mich der Gedanke macht, daß du das Band werden sollst, das den Mann, den ich vor Allen ehre, an unser Haus knüpfen wird. Die Schwierigkeiten, die uns noch im Wege stehen, wegzuräumen, soll nun **meine** Sache sein! Unsre Base Melanippe, deine Vertraute, die seit kurzem wieder hier ist, sagt mir, du zweifeltest noch, ob Krates dich liebe. Über diesen Punkt, gutes Mädchen, lege nur immerhin dein Herz zur Ruhe. Krates ist zwar keiner schwindlichten Leidenschaft fähig; aber die Art von Liebe, die er für dich fühlt, ist die einzige, die dieses Namens wert ist. Sie wird ihn weder Torheiten noch Verbrechen um deinetwillen begehen machen; aber, dies allein ausgenommen, ist nichts, was er nicht dir zulieb zu tun oder zu leiden fähig wäre. Kurz, du wirst Ursache finden, dich für die glücklichste der Weiber zu halten, wenn du die Seinige wirst. Indessen darf ich dir nicht verbergen, daß er noch keinen Begriff davon zu haben scheint, daß eine solche Verbindung zwischen euch unter die möglichen Dinge gehöre; und ich fürchte sehr, wofern der Antrag nicht unmittelbar von unserm Vater selbst an ihn gelangt, wird er nie glauben, daß Lamprokles ihm seine Tochter mit gutem Willen gebe. Von diesem Punkt sind wir freilich noch weit entfernt; aber Geduld, Zeit und Beharrlichkeit haben schon manches zu Stande gebracht, was niemand für möglich gehalten hätte.

Die Tante ist sehr unzufrieden mit dir. Der Vater scheint es weniger zu sein; doch hat er bisher, so oft ich deiner erwähnte, die Rede sogleich auf etwas anders gelenkt. Gegen Krates scheint er mir nicht ohne Vorurteile zu sein; sie werden aber einer ganz andern Meinung Platz machen, wenn ich ihm erst (was nächstens geschehen soll) umständlich entdeckt haben werde, wie viel wir beide, ich um meiner selbst, er um seines Sohnes willen, diesem Krates schuldig sind.

Das erste und nötigste, was ich zu unternehmen hatte, schien mir, die Sache mit Leotychus auf eine gute Art abzutun. Wir kamen deswegen zusammen, und du brauchtest eben nicht eitler zu sein als die meisten deines Geschlechts, um dich ein wenig beleidigt zu finden, daß es mir so wenig Mühe kostete, dich von diesem Beschwerlichen zu befreien. Er sagte anfangs viel Schmeichelhaftes über deine **seltnen Eigenschaften**, setzte aber hinzu: er höre, daß du noch keine Lust habest, dich ins ehliche Joch spannen zu lassen, und er höre es mit desto größerm Vergnügen, weil dies gerade sein Fall auch sei. Er liebe seine Freiheit noch zu sehr, als daß er sie **selbst einer Hipparchia** aufzuopfern versucht sein könnte. Auch habe er es bereits bei seinem Vater so weit gebracht, daß von der vorgeschlagenen Verbindung keine Rede mehr sein werde, wofern **wir** über diesen Punkt mit ihnen gleicher Meinung wären. Ich versicherte ihn dessen mit Mund und Hand, nicht ohne das verbindlichste Bedauern, daß ich der Ehre, einen Leotychus zum Bruder zu erhalten, entsagen müßte; und so trennten wir uns, dem Anschein nach, als die besten Freunde von der Welt, und haben uns seitdem – nicht wieder gesehen. Von dieser Seite kannst du also ruhig sein, Schwesterchen.

Der junge Euthyphron dringt darauf, daß ich mich seiner eben so frei bedienen soll, wie du und Melanippe bisher getan habt. Er ist ein sehr wackerer junger Mensch, und unserm Freund eifrig ergeben. Um jedoch seinen guten Willen nicht zu mißbrauchen, schicke ich meinen Dromo mit diesem Brief an dich. Sobald ich dir etwas angenehmes zu berichten habe, soll ein zweiter folgen. Ich schließe diesem ein Briefchen von Krates bei. Er schickte mirs diesen Morgen, von etlichen Zeilen an mich selbst begleitet, aus welchen ich vermute, daß du dich an dem Inhalt nicht sonderlich ergetzen wirst. Ich fürchte, er findet eine seltsame Art von Vergnügen darin, sich selbst und dich zu peinigen. Will er etwan eure Liebe dadurch, wie Gold durch Feuer, läutern? Was auch die Absicht sein mag, laß dichs nicht kümmern! Daß er dich wie seine Augen liebt, ist gewiß, und daran kannst du dir, deucht mich, vor der Hand genügen lassen.

Den 15ten Hekatombäon.

XXXVIII.
Krates an Hipparchia

Wenn du wüßtest, wie dein letztes Briefchen auf mich gewirkt hat, du würdest meiner schonen, gute Hipparchia. Ich soll dir einen Namen nennen, den mir die Pflicht zu verschweigen gebietet? Was könnt es dir helfen, wenn du ihn auch endlich blutend aus meinem Herzen herauszögest? Laß mich lieber in der Stille meines eigenen Gemüts arbeiten, meinen Willen mit den Forderungen der Notwendigkeit in Übereinstimmung zu bringen, und – zürne mir nicht, daß ich mich in mich selbst einhülle. Ich freue mich um deinetwillen, daß dir Leotychus, wie dein Bruder mir versichert, nicht länger beschwerlich sein will. Aber wie wird dein Vater die Vereitlung seiner Wünsche aufnehmen? – Wohl dem, der mit ruhigem Bewußtsein in die Tiefen seines eignen Herzens blicken kann! Dies, Hipparchia, war bisher das Glück meines Lebens; und es nie zu verlieren, soll immer mein höchstes Bestreben bleiben.

Den 14ten Hekatombäon.

XXIX.
Hipparchia an Metrokles

Du bist uns, wie ein Gott aus Wolken, erschienen, mein Bruder; gerade da uns sonst niemand helfen konnte. Von dem Tage deiner Heimkunft fängt sich eine neue Epoche in meinem Leben an. Wie glücklich, daß du schon von Jahren her ein Freund des Krates bist! Ich bin nun über die Zukunft ruhiger, und verspreche mir von deiner Vermittlung den besten Erfolg.

Wiewohl du aus den Briefen, die der alte Diogenes dich lesen ließ, Licht genug über mich und mein Verhältnis zu Krates erhalten hast, so will ich mich doch, um nie wieder auf diesen Punkt zurückzukommen, ein- für allemal mit dir aufs Reine darüber setzen.

Ich bin (wenn ich mich anders recht kenne) eben so wenig einer **schwindlichten Leidenschaft** fähig als Krates. Was meine Freundin Melanippe meine **Liebe** zu ihm nennt, könnte wohl eben so richtig **Freundschaft** heißen, wenn dieses Wort, durch den gemeinen Gebrauch, der seit den Zeiten von Theseus und Peirithous, Pylades und Orestes, Achilles und Patroklus, davon gemacht worden, nicht eine gewisse Kälte bei sich führte, die es zu Bezeichnung meines Verhältnisses gegen Krates untauglich macht. Immerhin mag es also **Liebe** heißen; gewiß ist es eine Art von Liebe, die ich der Weisheit selbst ohne zu erröten gestehen dürfte.

Der Vorsatz, wenn ich die seinige nicht werden kann, ledig zu bleiben, könnte vielleicht als ein Zeichen einer ungezügelten Leidenschaft angesehen werden. Denn, kenne ich etwan **alle Männer**? und wie wollte ich behaupten, es sei schlechterdings unmöglich, daß mir jemals ein anderer aufstoße, der mir eine ähnliche, ja vielleicht eine noch lebhaftere Zuneigung einflößen könnte als Krates?

Dies ist aber auch nicht, was ich behaupte. Genug für mich, (und ich denke, auch für Krates) daß ich keinen andern Mann kenne, den ich mir zum Gemahl **wünsche**, ja sogar keinen, den ich mir, ohne Widerwillen und Scham vor mir selbst, in einem Verhältnis mit mir denken kann, welchem nur die höchste Achtung für den Mann und das gegründetste Zutrauen zu seinem Zartgefühl das Erniedrigende für uns zu benehmen vermag. Ich sage nicht, Krates ist ein **schöner**

Mann; ich sage bloß: gerade so, wie er ist, gefällt er mir besser, als der schönste, den ich je gesehen habe; ich wünsche mir ihn nicht anders, und gäbe kein Triobolon darum, daß seine Schulter um einen Zoll niedriger wäre. Das Wahre ist, ich liebe ihn um der Schönheit seiner Seele, um der Würde seines Charakters, um der **Grazien** seines Umgangs und Betragens willen, die für mich der Abglanz von jenen **Himmlischen** ist, ohne welche, wie **Pindar** singt, kein weiser und edler Mann als das erscheint was er ist. Seine Denkart, die Grundsätze die er im Leben befolgt, seine Gesinnungen, sein Geschmack, sind dieselben, wovon die Natur die Anlagen und Keime in **mein** Wesen gelegt hat. Je heitrer mein Kopf, je freier und ruhiger mein Gemüt ist, desto inniger fühle ich den sanften aber immer gleich starken Zug dieser innern Verwandtschaft; kurz, wenn ich nicht wirklich seine Hälfte bin, so ist kein wahres Wort an dem System des **Platonischen** Aristophanes! Daß ich, da mich die Natur nun einmal zu einem **Weibe** gemacht hat, bei einem solchen Verhältnis zu Krates, **sein** Weib zu werden wünsche, ist so natürlich, daß es abgeschmackt wäre, ein Wort mehr davon zu sagen. Kann dies nicht sein, entweder weil die Einwilligung unsers Vaters nicht zu erhalten ist, oder weil er selbst sich nicht dazu entschließen kann, so werd ich mich darein ergeben. Ich werde dann nicht **sehr** glücklich sein: aber so ein armes Geschöpf bin ich doch auch nicht, daß ich in mir selbst gar keine Entschädigung für das, was ich dabei verliere, finden sollte.

Siehe, lieber Bruder, so steht es um deine Hipparchia; und wenn mein Herz nicht ein arger Betrüger ist, so habe ich dir kein Wort gesagt, das sich nicht durch die Tat als Wahrheit erweisen soll.

Ich schicke dir das melancholische Briefchen unsers Freundes, damit du dich überzeugen kannst, ob du seine Gesinnung gegen mich erraten hast. Ich weiß es bereits auswendig, und es bedarf auch keiner Antwort. Du tust ihm unrecht, wenn du glaubst, er finde ein Vergnügen daran, sich selbst und mich zu peinigen. Mich dünkt, ich durchschaue sein Innerstes. Er ist eine höchstedle, erhabene Natur: aber er fühlt auch, daß er es ist; und wie sollte er nicht? Es ist sein wahrer Ernst, seine Neigungen mit den **Umständen**, und vor allem mit der **Pflicht** in den reinsten Einklang zu stimmen. Der kleinste Vorwurf, den er sich selbst zu machen hätte, würde ihm schmerzlicher sein, als der Tadel und Spott der ganzen Welt. Aber damit vereinigt er auch den gerechten Stolz, in einer Sache von so zarter Beschaffenheit alles zu vermeiden, was ihm eine unwürdige Behandlung zuziehen könnte. Ich bin gewiß, wenn mein Vater auch seine Einwilligung gegeben hätte, und Krates hegte nur die leiseste Vermutung, daß sie ihm von dir oder mir durch Bitten **abgedrungen** worden sei, er würde sich selbst nie verzeihen, daß er es so weit hätte kommen lassen. Du siehst also, lieber Metrokles, wie nötig Behutsamkeit und Klugheit, ja sogar Zurückhaltung und anscheinende Kälte in dieser Sache sind; und ich verlasse mich darauf, daß du in deinem Verlangen, uns zu dienen, den stärksten Beweggrund zu aller der Mäßigung finden werdest, die der Charakter deines Freundes erfordert.

Den 20sten Hekatombäon.

XXX.
Metrokles an Hipparchia

Ihr seid ein Paar so seltsame Sterbliche, du und dein Geliebter, daß ich die Stirn sehr hoch tragen werde, wenn ich Verstand genug habe, euch mitten durch alle die Schwierigkeiten, die ihr euch selbst erschafft, und die euch von andern gemacht werden, am Ende doch noch zusammen zu bringen.

Der Weg, der uns immer weiter von unserm Ziele zu entfernen scheint, ist zuweilen der nächste. Diesem Erfahrungssatz zufolge habe ich mir einen Plan gemacht, wie ich mich gegen Krates zu benehmen gedenke. Ich spreche ihm gar nicht mehr von dir, stelle mich, als ob ich den traurigen Ernst nicht bemerke, der gewöhnlich über seinen Augenbrauen hängt, und überhaupt, als ob ihr meines Wissens in gar keinem Verhältnis zu einander ständet. Ungeachtet der großen Gewalt, die er über sich selber hat, sehe ich doch, daß ihn diese Art von Sorglosigkeit, die ich ihm zeige, zuweilen verlegen macht. Was unsern Vater betrifft, so scheint er die Vereitlung des Heiratsprojekts, die ihm der alte Chabrias selbst angekündiget hat, ziemlich gleichgültig aufzunehmen. Hingegen merke ich sehr gut, daß ihm die Trennung von **dir** mit jedem Tage unangenehmer wird. Er scheint bloß darauf zu warten, daß du ihn um deine Zurückberufung bittest. Zuweilen dünkt mich, er lege mirs ganz nahe, daß ich von dir zu reden anfangen sollte: aber ich beobachte auch gegen ihn die nämliche Maßregel wie gegen Krates, und verspreche mir davon denselben Erfolg.

Inzwischen, liebe Schwester, ist mir ein Anschlag, den ich schon einige Tage mit mir herum trug, über alle Erwartung gelungen. Ich habe es nämlich durch die dritte Hand so eingeleitet, daß Lamprokles bei einem großen Fest, welches einer seiner Freunde dem **Demetrius** gab, die Bekanntschaft des Krates machte, welcher ebenfalls dazu gebeten war. Zu gutem Glück waren beide einander von Person gleich unbekannt. Ich sage zu gutem Glück: denn wofern Krates unsern Vater gekannt hätte, würde er, aus bloßer Furcht in den Verdacht zu geraten, als ob er aus einer geheimen Absicht nach seinem Beifall trachte, sein Möglichstes getan haben, ihm **nicht** zu gefallen. Da die Gesellschaft sehr zahlreich war, so fügte sichs, daß

Lamprokles einen Platz bekam, wo er von Krates nicht bemerkt wurde. Dieser überließ sich nun, ohne den mindesten Zwang, der Stimmung, in welche ihn die gute Gesellschaft, die Gegenwart des Demetrius, der ihn schätzt, und der zufällige Gang der Unterhaltung setzte, und war den ganzen Abend so lebhaft, so geistreich, so unerschöpflich an Einfällen, mit einem Wort so liebenswürdig, als du ihn schwerlich jemals gesehen hast. Dies wirkte, wie du dir vorstellen kannst, da du den Vater kennst, der, trotz der Rinde, womit ihn seine landwirtliche Lebensart überzogen hat, nichts weniger als ohne Sinn und Empfänglichkeit für die Eigenschaften und Talente ist, welche Krates bei diesem Anlaß in ihrem vollen Glanze spielen ließ. Der Erfolg war, daß, als die Gesellschaft nach der Tafel sich in kleine Gruppen verteilte, Lamprokles und Krates unvermerkt zusammentrafen, in ein ziemlich langes Gespräch gerieten, und so viel Geschmack an einander fanden, daß Krates, bevor er noch wußte, daß er mit Hipparchiens Vater sprach, diesem schon das Wort gegeben hatte, daß er ihn auf seinem Landgut am Pentelikus besuchen wollte.

Alles dies vernahm ich heute aus des Vaters eigenem Munde. Ich ließ diese Gelegenheit nicht entschlüpfen, ihm in einer umständlichen und offenherzigen Erzählung zu entdecken, daß ich den Krates schon vor drei bis vier Jahren zu Korinth gekannt, und es hauptsächlich seinem Umgang und seiner für mich gefaßten Freundschaft zu danken hätte, wenn ein besserer Mensch aus mir geworden sei, als meine frühere Jugend versprochen habe.

Du siehst, welche günstige Gelegenheit mir dies gab, unsern Vater mit dem Charakter deines Freundes genauer bekannt zu machen, und die Vorurteile vollends zu zerstreuen, die ihm gegen einen Mann, der so unendlich viel mehr **ist** als er **scheint**, von Leukonoe und andern beigebracht worden waren. –

»Man muß gestehen«, sagte er, »daß der Mensch ein Sonderling ist; aber das waren Sokrates und Plato auch; mein ehemaliger Freund Phocion war es nicht weniger – und desto besser! Ich hatte mir einen sauren, runzlichten, stolzen und bissigen **Cyniker** vorgestellt, und finde, daß man sich keinen angenehmern Gesellschafter wünschen kann; und da er überdies noch ein so **rechtschaffener** Mann ist, so begreife ich nicht, was die Leute gegen ihn haben können; denn an seinem schlichten Aufzug wird sich doch kein vernünftiger Mensch stoßen.« – Es fiel mir eben nicht schwer, ihm dies begreiflich zu machen: er wurde still und nachdenklich; ich bin gewiß, daß er in diesem Augenblick **bei dir** zu Marathon war, und mit sich selbst überlegte, ob es möglich sei, deinen Wünschen nachzugeben. Es schien sogar, als ob so etwas schon auf seinen Lippen schwebte: aber er hielt es zurück, und trug mir bloß auf, daß ich meinen Freund nochmals in seinem Namen nach unserm **Pentelikeion** einladen sollte.

Ich entledigte mich dieses Auftrags gegen Krates, ohne ein Wort von meinem Eignen hinzuzusetzen, oder ihm meine Freude darüber anders als in meinen Augen zu zeigen, wo es mir freilich nicht wohl möglich war, sie zu verbergen. Er hingegen erneuerte mir seine bereits gegebene Zusage mit einer Miene, worin der scharfsichtigste Seelenspäher schwerlich eine Spur von Gemütsbewegung hätte entdecken können: nur in seinem Ton war etwas, das er weniger in seiner Gewalt hatte, und das mir verriet, was in seinem Gemüte vorging.

Ich bin im Begriff nach dem Gut abzugehen, um einige Vorkehrungen zum Empfang des Vaters zu treffen, welcher den Rest des Sommers und den Herbst da zuzubringen gedenkt. Leukonoe bleibt zurück, um die Aufsicht über das Haus in der Stadt zu führen. Lebe wohl, Schwester. Du siehst, die Aussicht erweitert sich, und wir nähern uns unvermerkt dem Ziel unsrer Wünsche.

Den 28sten Hekatombäon.

XXXI.
Metrokles an Hipparchia

Ich glaube, du hast wohl getan, liebe Schwester, daß du unsern Vater um die Erlaubnis batest, ihn im Pentelikeion zu besuchen. Ob du gleich noch keine Antwort erhalten hast, so merke ich doch, daß der lebhafte und naive Ausdruck deiner Liebe zu ihm seinem Herzen wohlgetan hat. Wir befinden uns schon zwei Dekaden hier, und Lamprokles, der auf diesem Gute beinahe nichts als seine eigenen Schöpfungen sieht, und es daher vorzüglich liebt, war in den ersten Tagen mit Entwerfung neuer Anlagen und Verbesserung der alten so angenehm beschäftigt, daß er den guten Krates ganz aus dem Gesicht verloren zu haben schien. Aber kaum hörte er einst, zufälliger Weise, einen unsrer Nachbarn dessen Namen nennen, so trug er mir sogleich auf, meinen Freund an sein Versprechen zu erinnern, und ihm zu sagen, daß er mit Ungeduld erwartet werde. Ich ritt also am folgenden Tage nach der Stadt, suchte unsern Mann lange vergebens auf, und fand ihn endlich, in einem einsamen wilden Busche hinter dem **Turm des Timon**,[13] auf dem bemoosten Stock einer alten Eiche sitzen. Es kostete mich Mühe, bis ich ihn überzeugte, daß mein Vater seinen Besuch in ganzem Ernst erwarte. Genug, es gelang mir endlich; wir machten uns am nächsten schönen Morgen auf den Weg, und Krates wurde mit der ganzen traulichen Herzlichkeit, die unserm guten Vater eigen ist, aufgenommen. Er mußte mehrere Tage bei uns bleiben, und erwarb sich in dieser kurzen Zeit durch den ungezwungenen Anteil, den er an den Beschäftigungen seines Wirtes nahm, durch seine Kenntnisse in diesem Fache, womit er ihn nicht wenig überraschte, kurz, durch die mancherlei neuen Seiten, von welchen er sich ihm zeigte, seine Achtung und Zuneigung in einem so hohen Grade, daß er beim Abschied förmlich versprechen mußte, in wenig Tagen wieder zu kommen, und den Rest der schönen Jahrszeit bei uns zuzubringen.

Ich eile dir dies alles zu berichten, um dadurch die sorglichen Gedanken auf einmal niederzuschlagen, welche du dir über das Stillschweigen des Vaters zu machen scheinst. Ich halt es vielmehr

---

[13] Des sogenannten Menschenhassers.

für eine gute Vorbedeutung, und vermute aus mehreren Anzeigen, daß er dich nächstens durch irgend etwas Angenehmes zu überraschen gesonnen ist.

Den 14ten Metageition. (August.)

XXXII.
Hipparchia an Krates

Nacht und Einsamkeit sind das gewöhnliche Element aller Gesichte, Geistererscheinungen und **Theophanien**. Sage mir, Krates, wie soll ich das nennen, was in der ersten Frühe dieses Morgens in mir vorging?

Von Baumgruppen und Gebüsch umschlossen saß ich auf einer Rasenbank des kleinen Hains, den mein Vater auf dem Gute, wo ich itzt wohne, der **Artemis** geheiligt hat, in Gedanken vertieft, die sich unvermerkt in ein Gewirre von Empfindungen verloren. Auf einmal wurde mirs, als stehe ich vor mir selbst, und schaue in mein Inneres wie in einen klaren tiefen See hinab. Ich sah nichts, fühlte aber mein verborgenstes Ich mit einem leisen zarten wunderbaren Weben und Streben, ohne mir eines Gegenstandes bewußt zu sein, erfüllt, und von einer unbekannten Kraft in ein uferloses unbeschreiblich reines Licht hineingezogen, worin meine Seele, von den göttlichen Urbildern alles Schönen und Guten angestrahlt, wie ein einzelner Tautropfen im Ozean, zu schwimmen schien. Plötzlich war mir als ob ich in diesem Meer von Schönheit und Liebe untersinke; alle meine Gedanken zerflossen in einander; alle Gegenstände waren verschwunden; eine süße Betäubung ließ mir nur noch das einzige Gefühl, als ob mein ganzes Wesen im Unendlichen aufgelöst wäre.

Allmählich komme ich wieder zu mir selbst. Ich sehe mich wieder von einzelnen Gestalten umgeben, deren jede einen stärker oder schwächer gebrochenen Strahl aus jenem unendlichen Lichtmeer auf mich zurückzuwerfen scheint. Ich fühle mich von ihnen angezogen. Ich nahe mich ihnen, aber sie bleiben unbeweglich. Ich drücke mich an sie an, sie sind kalt und widerstehen meinem Druck, ohne ihn zu erwidern.

Ich sehne mich, ihnen etwas von meiner Wärme, meinem Leben, meiner Seele, mitzuteilen. Das erhitzte Gefühl erzeugt einen Augenblick von süßem Wahnsinn: aber es war Täuschung; sie sind und bleiben mir fremd, kalt, leblos und unbeseelt.

Traurig entfern ich mich von ihnen, stehe wieder allein vor meinem Selbst, schaue wieder in seine Tiefen – Ach! er kehrt nicht wieder, jener wonnevolle Augenblick! ich seh in einen bodenlosen Schlund. Leer, entgeistert, ohne Kraft, ohne Liebe, schein ich mir in einem seltsamen Mittel zwischen Sein und Nichtsein zu schweben.

Auf einmal steht, von einem milden Glanz umflossen, ein Wesen mir gegen über, dessen Anblick mich plötzlich ins Leben zurückruft. Ein herzerfreuendes Licht geht von ihm aus, durchstrahlt mein ganzes Ich, und zieht mich unwiderstehlich zu ihm. Wer bist du, wunderbares Wesen? Nicht ich selbst, und doch erkenn ich ein zweites Selbst in dir. Mir ist, du allein habest alles was ich bedürfe, und bedürfest was ich allein dir geben kann.

Eine geheime Ahnung sagt mir, ihm sei eben so wie mir. Wir nähern uns einander unvermerkt. Eine unsichtbare Hand webt uns zusammen; jedes scheint sich selbst ins andere verwandelt. Eine tiefe weite Kluft, die sich zwischen uns auftut, kann nicht verhindern, daß wir uns innigst berühren und durchdringen. Wir verstehen einander, ohne zu reden: alles was wir denken, alles was wir wollen, ist Einklang: eine gemeinschaftliche Seele hat aus zwei Wesen Eines gemacht.

Es gibt keine Worte, die Klarheit, die Ruhe, die Liebe auszudrücken, die mein Innerstes erfüllen. In diesem wonnevollen Zustand seh ich mich auf einmal wieder von allen den Gegenständen umgeben, die kurz zuvor von mir weggeschwunden waren. Ich teile ihnen von dem Überfluß meines Lebens mit; sie veredeln und verschönern sich unter meinen Augen. Aber ich bedarf ihrer nicht; und nur, indem sie sich aus jenem wunderbaren Wesen in meine Seele zurückspiegeln, schmiegen sie sich, mit von ihm erborgter Anmut, an mich an, und empfangen ihren Anteil an der unerschöpflichen Fülle von Liebe, die in mir, wie in ihrem Brennpunkt, zusammengedrängt ist.

Schwärme ich, Krates? Sind es Irreden einer Fieberkranken, was du hier liesest? Nein, mein Freund! Ich erzähle dir nur so gut ich kann, was diesen Morgen in meiner Seele vorging. Es ist schwer, oder vielmehr unmöglich das Unaussprechliche auszusprechen, das Innigste, was wir fühlen, in Bildern abzuschalten. Aber sollte ich mich täuschen können, wenn ich glaube, daß du mich auch ohne alle Worte verstehen würdest?

Krates! – ich ertrag es nicht länger, daß du dich selbst peinigest! Ich weiß, du liebst mich – ich weiß es, wie ich mir meines Daseins bewußt bin – du hast nie ein Weib geliebt wie mich. – Solltest du darüber erröten? – Nenne mir, wenn du kannst, ein menschlicheres, schöneres, wohltätigeres Gefühl als die Liebe! Liegt nicht alles in ihr, was Edel, Gut und Groß ist? Ist sie nicht das Feuer vom Himmel, das die Keime aller Tugenden entwickelt? Ist sie nicht die Quelle des reinsten Glücks der Sterblichen? Aber sie will **mitgeteilt** sein; in unser Herz verschlossen, wandelt sie sich in ein fressendes Gift, das unsern Geist entkräftet, unser Lebensmark verzehrt. Was kann dich bewegen, dich vor deiner Hipparchia zu verhüllen? Laß es sein, daß ein feindseliges Gestirn uns noch Jahre lang, uns sogar auf immer getrennt halte: wo ist das Wesen in der Natur, das uns **verhindern** könnte, das uns **verbieten** dürfte, uns **auch getrennt** zu lieben? auch getrennt uns einander mitzuteilen? einander, wo nicht Alles, doch so viel zu sein, als unter unsern Umständen möglich ist? Ich für meinen Teil bekenne ohne Scheu, daß ich ohne dich nur ein halbes Wesen bin; daß ich nur mit dir und durch dich werden kann, was ich zu werden fähig bin. Und du, wenn du mich **entbehren** konntest bevor du mich kanntest, vermagst du es wohl **noch itzt**? Oder wenn du auch Stärke genug hast meine Entbehrung zu **ertragen**, bist du darum **glücklich**? – Und warum solltest du nicht glücklich sein **wollen**? Wenn mich nicht alles trügt, so werden die Berge, die wir zwischen uns sahen, täglich niedriger, und verschwinden vielleicht in kurzem gänzlich. Du hast – wie konnt es auch anders sein? – die Achtung, sogar die Zuneigung meines Vaters gewonnen; beides muß dir den reinsten Genuß gewähren, da du es bloß durch deinen persönlichen Wert erhalten hast. Mein Vater liebt mich, und kennt meine Gesinnungen für dich; Leotychus ist abgetreten; wer steht dir noch im Wege als du Selbst?

Den 16ten Metageition.

XXXIII.
Hipparchia an Melanippe

Eine so junge und reiche Braut, wie meine Melanippe, hat in und außer ihrem Gynäceon so viel zu tun, daß es unbescheiden wäre, wenn ich, seit mein Bruder angekommen ist, und sich unmittelbar mit meinen Angelegenheiten beladen hat, sie zu oft mit meinen Briefen stören wollte: zumal da die Freundschaft, die sich zwischen Metrokles und deinem Euthyphron angesponnen hat, dir fast täglich Gelegenheit verschafft, zu erfahren, wie es deiner Hipparchia ergeht.

Aber heute kann ich mirs nicht versagen, die Freude, womit ich gestern überrascht wurde, unmittelbar mit dir zu teilen. Denke, wie groß sie sein mußte, indem ich zu einer Zeit, da ich von meinem Vater beinahe vergessen zu sein glaubte, ihn unvermutet auf dem Marathonischen Gute (wo ich mich noch aufhalte) anlangen und mit offnen Armen auf mich zugehen sah!

Der Tag, den wir mit einander zubrachten, war einer der glücklichsten meines Lebens. Ich begleitete ihn mit raschen Schritten bei dem Besuch, den er den Wohnungen der Menschen und Tiere, den Gärten, Feldern und Gehölzen machte, und er schien über meine Verwandlung in eine rüstige Landwirtin, über meine Sonnenfarbe, meine etwas bräunlichen Arme, und meinen schlichten Anzug noch mehr vergnügt als verwundert. Auch mit der Aufsicht über die Wirtschaft, die ich seit einigen Wochen auf seinen Befehl übernommen, bezeugte er sich zufrieden. Kurz, er schien muntrer, als ich ihn seit mehrern Jahren gesehen habe. Nur von **Krates** war mit keinem Worte die Rede – und da mein Bruder nicht von seiner Seite kam, so fand sich auch keine Gelegenheit, mich nach ihm zu erkundigen. Diesen Morgen sind sie wieder nach dem andern Gut abgegangen. Mein Vater sagte mir beim Abschied, er würde mich in kurzem dahin abholen lassen, und Metrokles erhaschte noch einen Augenblick, um mir ins Ohr zu flüstern, daß ich unsern Freund dort sehen würde. Aus allem diesem hoffe ich den Schluß ziehen zu können, daß eine fröhliche Entwicklung meines Schicksals nah' ist; wenn anders – doch ich will mir die Freude über die wiedergefundene

Liebe meines guten Vaters nicht mit düstern Einbildungen verkümmern.

Lebe wohl, Melanippe, und gib unserm ehemaligen Briefträger, dem gutherzigsten und gefälligsten aller Sterblichen, in meinem Namen so viel Küsse als Grazien sind.

Den 18ten Metageition.

XXXIV.
Melanippe an Hipparchia

Ich bin so glücklich, liebste Hipparchia, das Vergnügen, so du mir durch dein Briefchen gemacht hast, mit einer Neuigkeit bezahlen zu können, die dir gewiß nicht gleichgültig sein wird. Hättest du dir wohl eingebildet, daß es dem Krates so leicht gelingen würde, sich sogar bei deiner Tante Leukonoe, die vor kurzem noch so heftig gegen ihn eingenommen war, in Achtung zu setzen? Und in was für eine Achtung! Ich glaube wahrhaftig, sie heiratete ihn selbst, wenn er sich nur einige Mühe um sie geben wollte.

Eine gute Freundin meiner Mutter, namens **Timothea**, eine Thebanerin, die vor geraumer Zeit nach Athen geheiratet hat, ist eine weitläufige Verwandte von Krates. Diese Frau fand unlängst Gelegenheit, deiner Tante einen nicht unbedeutenden Dienst zu leisten. Seitdem sehen sie sich auf einen ziemlich vertraulichen Fuß, und so fügte sichs, daß Leukonoe mit unserm Freund zufällig bei seiner Landsmännin zusammen traf. Der Mann muß einen Zaubervogel bei sich tragen. Die Tante, die ihn noch nie gesehen hatte, ließ sich wohl nichts weniger beigehen, als daß es **Krates** sein könnte. Er gefiel ihr; und da die Rede auf die alte und neue Zeit fiel, und er glücklicher Weise in der Laune war, ein Paar ältliche Damen angenehm zu unterhalten: ermangelte er nicht, einen strengen Tadel auf die heutige Erziehung der **Töchter** zu legen, und die gute alte Zeit selig zu preisen, wo eine Tochter desto besser erzogen war, je weniger sie gesehen, gehört, und gefragt hatte. Mehr brauchte es nicht, wie du siehst, um der guten Tante die höchste Meinung von dem Verstand und Charakter des Mannes zu geben, der so **goldne Worte** sprach. Aber du kannst dir auch vorstellen, wie verlegen sie war, als sie nach seiner Entfernung vernahm, daß es **Krates** gewesen sei. Indessen hatte doch Timothea keine sehr schwere Arbeit, ihr die Vorurteile vollends zu benehmen, welche sie aus den verstümmelten Nachrichten und schiefen Urteilen, die in einer Stadt wie Athen von Anekdotenkrämern und müßigen Strohköpfen über ausgezeichnete Personen herumgetragen werden, allzuleichtgläubig aufgelesen hatte.

Unter andern erfuhr sie auch zu ihrer großen Beruhigung, daß Krates, als er den größten Teil seines Erbguts unter seine entfernten Verwandten ausgeteilt, sich eine ziemlich beträchtliche Summe (zwanzig Talente, wenn ich nicht irre) teils für seine eigenen Bedürfnisse, teils auf den Fall, wenn er sich verehlichen sollte und Kinder zu erziehen hätte, vorbehalten habe. »Diese Vorsicht«, sagte Leukonoe, »beweist, daß der Mann, wiewohl er ein Sonderling von einer ganz eigenen Art sein muß, doch bei weitem so unklug nicht ist, als böse Zungen ihm nachsagen. Aber was macht er denn mit den Zinsen seines Kapitals, da er, wie für gewiß gesagt wird, von drei Obolen des Tags lebt, und auf diesem Fuß kaum vier- bis fünfhundert Drachmen jährlich gebrauchen kann?« Timothea erwiderte: sie zweifle sehr, daß er große Schätze sammle. Er sei ein sehr gutherziger Mann, und sie wisse von sichrer Hand, daß er in geheim arme Bürger oder Fremdlinge mit kleinen Summen, ohne Zinsen und ohne auf Wiederzahlung zu rechnen, unterstütze, aber nicht wolle daß es bekannt werde. Auch das fand die Tante ein wenig **sonderlich**: doch meinte sie, es werde sich schon geben, wenn der Mann für Weib und Kinder zu sorgen haben werde.

Alles dies, Hipparchia, habe ich aus Timotheas eigenem Munde. Du siehst daraus, wie fleißig dein guter Genius für dich arbeitet; und da nun auch Leukonoe so viel als gewonnen ist, da dein Vater sich augenscheinlich auf deine Seite neigt, und dein Bruder sich mit unermüdetem Eifer für dich verwendet: so müßt es nicht mit rechten Dingen zugehen, wenn dein Liebeshandel, einer der **sonderlichsten** die je erhört wurden, nicht in kurzem zu einer fröhlichen Entknotigung gelangen sollte.

Die drei Küsse, für welche du den Euthyphron, nach der Zahl der **Grazien**, auf meine Rosenlippen angewiesen hast, sind richtig bezahlt worden: aber der ungenügsame Mensch bestand darauf, er könne mir aus seinem **Homer** beweisen, daß der Grazien wenigstens **vier** sein müßten; und da ich gerade keine Zeit hatte, die Sache zu untersuchen, so mußt ich mich, um seiner los zu werden, schon auch zum vierten bequemen, den du mir gut zu schreiben nicht vergessen wirst.

Den 27sten Metageition.

XXXV.
Krates an Hipparchia

Schwärmerei, teure Hipparchia, ist der natürliche Zustand der unbefriedigten Liebe in der Einsamkeit: aber ich ehre die erhabene Schwärmerei, von welcher du mir eine Probe mitgeteilt hast, in ihrer Ursache und Wirkung. Alles außerordentliche, was in einer schönen Seele erscheint, ist für mich etwas Heiliges, das ich nicht anzurühren wage; und wenn ein Gott dir das Geheimnis der meinigen verraten hat, wie sollt ich mich länger vor dir verhüllen wollen? Wie übel müßte die Natur den Mann an Sinn und Geist verwahrlost haben, der von einer so liebenswürdigen Schwärmerin, wie Hipparchia, nicht ein wenig angesteckt werden, sich nicht mächtig versucht fühlen sollte, so zauberische Traumgesichte wahr zu machen? Nein, Hipparchia, der Gott in deinem Busen, der dich so gewiß macht, daß ich dich liebe, täuschet dich nicht! – und was könnt ich zu dem, was der Gott dir offenbarte, noch hinzusetzen? –

Aber solltest nicht du, teures Mädchen, dich vielleicht täuschen können, wenn du für eben so gewiß nimmst, daß die Liebe eines Sonderlings wie Krates dich glücklich machen werde? Wie sehr auch mein Herz an dir hängt, und wie reich der Lebensgenuß ist, den ich mir mit dir versprechen kann: was wirst du denken, wenn ich dir gestehe, daß ich dir, **dir** die mir so große Opfer bringt, von den Grillen (wie die Welt meine Eigenheiten nennt) auch nicht Eine aufzuopfern fähig bin? Ich fühle, wie sehr ein solches Geständnis einer Geliebten auffallen muß, die zu Erwartung der unbeschränktesten Gefälligkeit berechtigt ist: aber der Gedanke, sie zu betrügen, ist noch viel empörender.

Frage dich also selbst, Hipparchia, kannst du, im Überfluß geboren und aufgewachsen, an eine bequeme Wohnung, prächtiges Geräte, und zahlreiche Bedienung, an eine reiche Tafel, an Schränke voll feiner und zierlicher Kleidungsstücke aller Art, an schimmerndes Hals- und Armgeschmeide, kostbare Salben, kurz, an alles, was hergebrachte Sitte einer Person deines Geschlechts und Standes zum Bedürfnis macht, von Kindheit an gewöhnt, kannst du dem allem auf einmal entsagen, um die **Sokratische Lebensart**, die unser ausgeartetes Zeitalter mit spottender Verachtung **cynisch** nennt, mit mir zu teilen, und dich in allem, was die **Natur** bedarf, auf die einfachste Befriedigung einzuschränken? Kannst du von drei Obolen des Tags leben, in einer armseligen Hütte wohnen, auf einem harten Lager schlafen, und deine feingewebten, faltenreichen, zierlich verbrämten und gestickten Tuniken und Schleier, wie du schon einmal getan hast, **für immer** mit dem grobwollichten Doppelmantel vertauschen? Kannst du mit heiterm freiem Sinn und fröhlichem Herzen dich, im Notfall, zu den beschwerlichsten und niedrigsten Verrichtungen des häuslichen Lebens herablassen, und dich entschließen, so lange Jugend und Gesundheit dich dazu fähig machen, alles selbst zu tun, was Frauen deines Standes unter ganze Scharen von Sklavinnen zu verteilen pflegen? Mit einem Wort, Hipparchia, bedenke, wie stark das, **was der Gattin des Krates geziemt**, von der Lebensweise und dem Kostüm der Attischen Damen deiner Klasse absticht. und melde mir dann, ob du noch darauf beharrest, dich dem Manne zu ergeben, der dich zu lieben vorgibt, und solche Foderungen an dich machen kann?

Den 1sten Boedromion. (September.)

XXXVI.
Hipparchia an Krates

Du zweifelst, lieber Krates, ob ich mich nicht vielleicht täuschen könnte, wenn ich es für etwas so ganz gewisses nehme, daß die Liebe eines solchen Sonderlings, wie du, mich glücklich machen werde? Wie? ist denn das eine Sache, wobei es noch erst auf die Probe ankommt? Muß ich nicht am besten wissen, ob ich glücklich bin? Fordre, erwarte ich denn, daß du der Sorge für mein Glück das geringste Opfer bringen sollst? Oder hat von allen den Aufopferungen, die du mir zum Verdienst anzurechnen scheinst, auch nur Eine den mindesten Wert in meinen Augen? Verlange ich etwas anders, als **mit dir** und **für dich** zu leben, und **dich** glücklicher zu sehen, als du ohne mich wärest? Sei für **mich** unbekümmert! Mich macht die Befriedigung meines Herzens so glücklich, daß mir weder Gefühl für Entbehrungen, noch Wünsche für etwas Besseres, was ich nicht kenne, übrig bleiben.

Auf alle deine Fragen, die mit **Kannst du** anfangen – aber, sollte Krates diese Fragen in ganzem Ernst aufgeworfen haben? Sollt er wirklich noch ungewiß sein, wie ich sie beantworten werde? O! **dann** hätte mich der Gott in meinem Busen doch getäuscht! – Ich darf diesen Gedanken nicht aufkommen lassen, weg damit! – Auf deine Fragen also habe ich eine sehr kurze Antwort bereit. Alles was bei dir noch die Frage scheint, hab ich seit mehr als zwei Monaten schon ins Werk gesetzt. Ich wohne in der schlechtesten Kammer unsers Landhauses zu Marathon. Meine Kleidung ist zwar noch weiblich und ziemlich reinlich, aber so schlicht und zierlos, daß die Hausfrauen des weisen Sokrates und des tugendhaften Phocions in beiden Stücken schwerlich weniger tun konnten. An wohlriechendes Waschwasser, Rosenöl und kostbare Salben ist gar nicht zu denken. Ich weiß nicht, wie der weise Mann hieß, (oder warst du es etwa selbst?) der gesagt haben soll: ein Weib rieche immer gut, wenn es nach gar nichts rieche. Dieser Meinung bin ich auch.

Übrigens bediene ich mich, seit jener Zeit, in allem selbst, kleide mich selbst an und aus, und erlaube keiner dienstbaren Hand mich anzurühren. Alles, was an meinen Leib kommt, besorge ich selbst. Ich schlafe auf einer ziemlich harten Matratze, sechs bis sieben

Stunden längstens, und bin gewöhnlich die Weckerin des ganzen Hauses. Alle Arten hausweiblicher Verrichtungen gehen mir flink von der Hand, und ich kenne keine so beschwerliche und niedrige, die nicht dadurch erleichtert und veredelt würde, daß man sie freiwillig und frohen Mutes verrichtet. Was meine Kost betrifft, so muß ich bekennen, daß alles was ich täglich zu mir nehme, nach hiesigen Preisen, leicht auf vier bis fünf Obolen kommen dürfte: du traust mir aber hoffentlich zu, daß ich, **im Notfall**, auch noch ein paar Obolen nachlassen kann; denn ich habe mir aus teuren Schüsseln und Leckerbissen nie viel gemacht. Auch schmeichle ich mir, du werdest, wenn du mich als Hipparchia zu sehen bekommst, an meiner stark ins Bräunliche schattierten Gesichtsfarbe, und an meinen derben rötlichen Armen deine Freude sehen. Sei also gutes Muts, lieber Krates, und verlaß dich darauf, daß ich nichts, was deiner Gattin würdig und anständig ist, für etwas halten werde, worüber ein edles Weib zu erröten hätte. Bist du nun mit mir zufrieden?

Den 3ten Boedromion.

XXXVII.
Antwort des Krates

Auf meinen Knien, Hipparchia, bitte ich dich um Verzeihung, und wenn alle Ionier, Dorier und Achajer Zeugen davon wären. Du hast mich auf immer von allen meinen Zweifeln geheilt, den einzigen ausgenommen, ob ich je zu dem seligen Gefühl gelangen werde, eines Weibes wie du würdig zu sein. Verzeihe, daß ich für nötig hielt, dich auf eine Probe zu stellen, die du so schön bestanden hast, und laß mich über den Gegenstand unsrer beiden letzten Briefe nur noch ein Wort hinzutun. Auch dein Krates huldiget den Grazien nicht weniger, als jener Sokrates, den er sich seit manchen Jahren in seiner Lebensweise zum Vorbild genommen, ohne darum **sklavisch** in seine Fußstapfen zu treten. Die Grazien fliehen alles Gezwungene, Steiffömliche, und was sich von der Mittellinie zwischen dem Äußersten auf beiden Seiten allzuweit entfernt. **Vom Wenigsten** ohne Nachteil seiner Zufriedenheit und Würde **leben zu können**, ist eine Kunst, worin jeder edle Mensch sich geübt haben sollte, um die Unabhängigkeit und Reinheit seines Geistes und Charakters unter allen Umständen bewahren zu können: aber Torheit wär es, ohne andre Ursache als systematischen Stolz und Starrsinn, sich immer alles versagen zu wollen, was die Lebensweise des **gebildeten Menschen** vom ursprünglichen Zustand des rohen **Menschentiers** unterscheidet. Auch hierin, Hipparchia, sind wir unfehlbar Eines Sinnes. Du wirst nie aus den Augen verlieren, was der Gattin des Krates geziemt: Krates wird nie vergessen, was der Tochter des Lamprokles anständig ist.

Die Güte deines Vaters berechtigt mich zu einer Voraussetzung, wozu vor kurzem noch so wenig Anschein war, daß ich mir kaum erlauben durfte ihre Möglichkeit zu träumen. An einem der nächsten Tage wirst du dich mit eignen Augen überzeugen können, daß ich nicht zu entschuldigen wäre, wenn ich länger zweifelte, daß unsre Verbindung der Wunsch seines Herzens ist.

Den 4ten Boedromion.

XXXVIII.
Hipparchia an Melanippe

Es ist Zeit, liebe Melanippe, daß du endlich wieder von mir selbst Bericht empfangest, wie die Sachen zwischen mir und Krates stehen. Wenn ich dem Ziele nahe bin, wem als dir, meine Freundin, werde ich das Glück meines Lebens schuldig sein? Ohne dich hätte ich weder den Einfall gehabt, der die Bahn dazu gebrochen, noch den Mut zur Ausführung. Deinem liebenswürdigen Leichtsinn, deiner Entschlossenheit, alles für deine Freundin zu tun, hab ichs allein zu danken, daß ich diesen Mann kennen lernte, den ersten und einzigen, der das Verlangen die seinige zu sein in mir erregt hat, und dies schon zu einer Zeit und unter Umständen, die mir kaum die Hälfte seines Werts bekannt werden ließen.

Ich lebe nun über zwei volle Dekaden mit meinem Vater und ihm auf unserm Pentelikeion, in gänzlicher Freiheit von dem gewöhnlichen Zwang, worin wir armen Attischen Jungfrauen in der Stadt gehalten werden: eine Freiheit, die zwar nur auf dem Lande Statt finden kann, aber doch ein untrügliches Zeichen ist, daß mein Vater unsre Wünsche zu krönen beschlossen hat; wiewohl er, aus Bewegursachen, die du leicht erraten wirst, mit der ausdrücklichen Erklärung seines Willens noch zurückhält.

Wenn ich dir sage, daß diese zwanzig Tage so schnell, wie die Zeit in Träumen mit mir davon geflogen sind, so könntest du, falls du eben in deiner mutwilligen Laune wärest, den Schluß daraus ziehen, daß deine wohlweise Hipparchia (wie du mich dann zu nennen pflegst) mächtig **verliebt** sein müsse. Ich schwöre dir, das ist es nicht. Mir ist – aber freilich, dir so recht eigentlich zu beschreiben, wie mir ist, darin eben liegt die Schwierigkeit – Ich denke, so muß einem im Hause ausgebrüteten und immer gefangen gehaltenen Vögelchen zumute sein, wenn es, unverhofft seinem Käficht entronnen, frank und frei in seinem angestammten Luftreich umherschweift; oder einem ans Ufer ausgeworfnen halbzerlechzten Fische, wenn er sich seinem Element zurückgegeben fühlt. Eine süße Stille, gleich der Stille des Meers in den halcyonischen Tagen, ruht auf meinem Innern. Alle meine Wünsche sind befriedigt. Ich weiß, daß Krates mich liebt, gerade so liebt, wie ich geliebt sein will, und täglich, ja stündlich entdeck ich etwas an ihm und an mir selbst, was mich in dem Glauben, daß wir zusammen gehören, befestigt.

Es war, denk ich, eine bloße Übereilung der Natur, daß ein Weib aus mir geworden ist. Da ichs nun aber einmal bin, so ist klar, daß ich entweder das seinige, oder Niemands sein muß. Dies ist eine so sonnenhelle Wahrheit, daß sie sogar meiner Tante einzuleuchten beginnt, die im Grund (ihre kleinen Vorurteile abgerechnet) eine verständige und nichts weniger als herzlose Frau ist. Sie muß (nach den Resten zu urteilen, die ihr geblieben sind) vor neun bis zehen Olympiaden eine Schönheit gewesen sein; und du kannst mirs glauben, wenn ihr Krates nur ein Drittel der Jahre, die sie mehr hat als ich, abnehmen könnte und wollte, ich würde eine furchtbare Rivalin an ihr finden. Eine andere als ich wäre vielleicht itzt schon eifersüchtig über sie, so wenig hält sie mit den Ausdrücken ihres Wohlgefallens an ihm zurück, und so erfinderisch ist die gute alte Dame an Gelegenheiten und Vorwänden, mich mit guter Art von ihm zu entfernen, oder sich uns zuzugesellen, wenn wir allein beisammen sind.

Im Vorbeigehn muß ich dir sagen, daß Krates, der kein Verdienst darein setzt, ein Sonderling zu sein, sein ehemaliges Kostüm mit dem gewöhnlichen unsrer ehrenfesten Landbürger, die gerade keinen Anspruch an städtische Zierlichkeit machen, verwechselt hat. Ich kann nicht bergen, er verliert nichts dabei, oder, rund heraus zu reden, mir deucht vielmehr, daß er in einen merklichen Vorteil dadurch gesetzt werde. Überhaupt ist er ein lebendiger Beweis, wie viel ein **leidlich häßlicher** Mann von Geist und Gefühl, eben dadurch, daß es ihm nicht einfallen kann den Narcissus spielen zu wollen, gewinnt, wenn man zugleich sieht, daß er durch seine Gestalt nicht in die mindeste Verlegenheit gesetzt wird.

Du bist vielleicht neugierig zu wissen, wie unsre erste Zusammenkunft abgelaufen sei? Nach meinem Plan sollte niemand dabei zugegen sein als mein Bruder: aber mein Vater wollte sich vermutlich eine kleine Lust mit uns machen, und behielt sich deswegen vor, mich dem Krates selbst vorzustellen. Absichtlich tat er es gerade so, wie man völlig unbekannte Personen einander vorzustellen pflegt, und brachte mich dadurch ein wenig aus der Fassung. Wir grüßten uns mit der gewöhnlichen Formel, **ich** die Augen niederschlagend, Krates (wie mein Bruder mir sagte) mit dem forschenden Blick, womit man die Einheit einer sich darstellenden Person mit einer ehemals gesehenen sich wahr zu machen sucht. »Dächte man nicht, daß ihr einander wildfremd wäret«, sagte mein Vater: »sollte Krates seinen Schüler Hipparchides von Sunium nicht mehr erkennen?«

»In der Tat«, versetzte Krates lächelnd, »hätte ich mir nicht vorgestellt, daß seine Verkleidung in eine Jungfrau es mir so schwer machen würde.« – Dieser lose Scherz gab mir plötzlich die Besonnenheit wieder. »Es wird bloß von dir abhängen«, sagte ich, »ob ich Hipparchides oder Hipparchia für dich sein soll; das eine wird mir nicht schwerer fallen als das andere.« – »Ist es dir wirklich so gleichgültig?« sagte Lamprokles mit einem Blick, der mich beinah erschreckt hätte. – »**Mir** wenigstens keineswegs«, fiel Krates ein; »doch hoffe ich auf Nachsicht, wenn ich gestehe, daß mir das Andenken des jungen Hipparchides immer teuer bleiben wird, weil ich ohne ihn die liebenswürdigere Hipparchia nie gesehen hätte.« – »Da ich ihm eine ähnliche Verbindlichkeit habe«, erwiderte ich, »so gelobe ich hiemit, alle Jahre die ich noch leben werde, am zehnten Anthesterion ihm zu Ehren Hipparchides zu sein.« – »Das ist so billig«, sagte mein Bruder, »daß Krates selbst nichts dagegen einzuwenden haben kann.«

Mein Vater gab itzt dem Gespräch eine andere Wendung, indem er meinem Anzug, als einem Muster von Einfachheit und gutem Geschmack, seinen Beifall gab. Krates machte ihn mit einem Blick, dessen Sinn ich vermutlich allein erriet, auf die Feinheit der Wolle aufmerksam. »Mein Vater hat die Wolle seiner Schafe so sehr veredelt«, sagte ich, »daß diese hier die gröbste ist, die auf seinen Schäfereien erzeugt wird.« Wiewohl ich bloß die Wahrheit sagte, so hätte ich doch dem guten Manne schwerlich eine angenehmere Schmeichelei sagen können. Er geriet nun mit Krates und meinem Bruder in ein langes Gespräch über die Mittel, wodurch es ihm gelungen, auf seinen Gütern wirklich die feinste Wolle in ganz Attika zu erzielen; und ich entfernte mich indessen, um auf seinen Befehl die Regierung des weiblichen Teils der Wirtschaft zu übernehmen.

Die Beschäftigungen, die mir dieses Amt auferlegt, lassen mir von Sonnenaufgang bis zur Schlafzeit noch Muße genug, einen guten Teil des Tages mit Krates zuzubringen. Sein Umgang ist immer lehrreich, ohne jemals langweilig zu werden; und wiewohl er alle Augenblicke etwas sagt, das man nie vergessen möchte: so besteht doch sein vorzüglichstes Talent, weniger in der Geschicklichkeit, **seine** Gedanken in die Seele der Zuhörenden zu spielen, als in der Sokratischen Kunst, **ihre eigenen** hervorzulocken. Den Stoff zu unsern Unterhaltungen gibt uns gewöhnlich entweder die Natur unmittelbar, oder ein Dialog von Plato, Äschines oder Diogenes, oder auch etwas Neues von Theophrast und unserm Liebling Menander. Nie ist von Liebe zwischen uns die Rede; aber desto sichtbarer offenbart sie sich an uns durch ihre Wirkungen: bei ihm, in dem immer neuen Vergnügen, so er daran findet, mir alle Schätze seines Geistes mitzuteilen; bei mir, in der Leichtigkeit womit ich ihn verstehe, und in der schnellen Entwicklung meines eignen Geistes, der ihn zuweilen in Verwunderung setzt, wenn wir (was öfters geschieht) uns bis an die Grenzen des menschlichen Wissens erheben, und in der schwachen Dämmerung, worin das Licht der übersinnlichen Welt sich verliert, gemeinschaftlich das Wahre oder wenigstens das Wahrscheinlichste zu finden trachten.

Denke indessen nicht, daß es ihm an Sinn für das, was auf gemeine Liebhaber am stärksten wirkt, so gänzlich fehle, wie man aus dieser ungewöhnlichen Art, die Zeit mit einer Geliebten unter vier Augen zuzubringen, schließen könnte. Es gibt Augenblicke, wo ich leicht merken kann, daß er sich nicht wenig Gewalt antun muß, den Ausdruck seiner Empfindungen in den engen Schranken zu halten, die er sich selbst gezogen hat; – und (dir darf ich es wohl gestehen) schon mehr als einmal fühlt ich mich aus Mitleiden versucht, ihm durch leise Andeutungen merken zu lassen, daß weniger strenge Zurückhaltung mich eben nicht beleidigen würde, ob ich gleich sonst keine Freundin von Liebkosungen bin. Ich sehe dann wohl, daß ihm weder dieses leise Entgegenkommen noch die Lauterkeit meines Beweggrunds verborgen bleibt: aber ich sehe auch, daß er, anstatt Aufmunterung darin zu ahnen, es vielmehr für eine warnende Erinnerung an die Achtung, die er sich selbst und mir schuldig sei, zu nehmen scheint. Könnt es wohl einen Genuß geben, der mit dem Bewußtsein dieses zarten schönen Einverständnisses unsrer Seelen zu vergleichen wäre?

Leotychus hat uns vor etlichen Tagen einen Besuch gemacht, woran sein Vorwitz vermutlich eben so viel Anteil hatte, als die Absicht, des Vorgefallenen ungeachtet, gute Nachbarschaft mit uns zu unterhalten. Ich muß ihm zur Ehre nachsagen, daß er sich anständig gegen Krates und mich benahm. Indessen höre ich aus dem Munde meines Bruders, daß er unter der Hand sehr geschäftig sei, gewisse platte Epigrammen[14] in Umlauf zu setzen, deren witzigstes eine Einladung an das Publikum sein soll, der Ehverbindung des weisen Krates mit der schönen Hipparchia beizuwohnen, welche nächstens in der **großen Halle** nach Cynischer Weise vollzogen werden solle. Mein Bruder zweifelt nicht, daß Leukonoe (die diesen albernen Spaß nicht so gleichgültig aufnimmt als wir) dem Vater anliegen werde, unsre Verbindung zu beschleunigen, und ihr sogar durch ein großes Gastmahl, wozu der ganze Kanton eingeladen werden soll, die möglichste Feierlichkeit zu geben. Wirklich sehe ich Anstalten machen, die keinen andern Zweck haben können. überdies hat Lamprokles vor kurzem ein artiges kleines Haus mit einem großen Garten zwischen dem Cynosarges und der Akademie gekauft und einrichten lassen, welches, wie mein Bruder mich versichert, zu unsrer künftigen Wohnung bestimmt ist.

Alles, liebe Melanippe, gewinnt demnach das Ansehen, daß du mich, noch vor der Mitte des nächsten Monats, zu Athen in meinem eignen Hause, als die unscheinbare aber glückliche Gattin des Krates, besuchen wirst: ein Titel, auf den ich so stolz bin, daß mir die Zeit wirklich lang wird, bis ich mich unsern **Kechenäern**[15] an der

---

[14] Wahrscheinlich hat die unartige Anekdote von der vorgeblichen Cynischen Hochzeit des Krates und der Hipparchia, welche Diogenes von Laerte und andre seinesgleichen, die 500 Jahre später als jene lebten, erzählen, keine reinere Quelle, und war der Mühe ganz unwürdig, welche so gelehrte Männer, als Heumann, Brucker u. a. sich mit ihrer Widerlegung gegeben haben.

[15] Ein Spitzname, welchen Aristophanes seinen lieben Mitbürgern, den Athenäern, in seinen Rittern geschöpft hat, um ihres müßiggängerischen und leichtgläubigen Haschens nach Neuigkeiten (als eines Hauptzugs ihres Charakters) zu spotten. Es ist mit Maulaufreißer oder Gähnaffe ungefähr von gleicher Bedeutung, und erinnert den Griechischverstehenden an die Gänse, und die noch

Seite des Mannes, den ich ihnen allen vorziehe, werde zeigen können.

Den 26sten Boedromion.

---

unbefiederten, immer hungernden kleinen Vögel, die ihre gelben Schnäbel weit aufsperren, um sich von ihren Müttern ätzen zu lassen.

Über tredition

Eigenes Buch veröffentlichen

tredition wurde 2006 in Hamburg gegründet und hat seither mehrere tausend Buchtitel veröffentlicht. Autoren veröffentlichen in wenigen leichten Schritten gedruckte Bücher, e-Books und audio-Books. tredition hat das Ziel, die beste und fairste Veröffentlichungsmöglichkeit für Autoren zu bieten.

tredition wurde mit der Erkenntnis gegründet, dass nur etwa jedes 200. bei Verlagen eingereichte Manuskript veröffentlicht wird. Dabei hat jedes Buch seinen Markt, also seine Leser. tredition sorgt dafür, dass für jedes Buch die Leserschaft auch erreicht wird.

Im einzigartigen Literatur-Netzwerk von tredition bieten zahlreiche Literatur-Partner (das sind Lektoren, Übersetzer, Hörbuchsprecher und Illustratoren) ihre Dienstleistung an, um Manuskripte zu verbessern oder die Vielfalt zu erhöhen. Autoren vereinbaren direkt mit den Literatur-Partnern die Konditionen ihrer Zusammenarbeit und partizipieren gemeinsam am Erfolg des Buches.

Das gesamte Verlagsprogramm von tredition ist bei allen stationären Buchhandlungen und Online-Buchhändlern wie z. B. Amazon erhältlich. e-Books stehen bei den führenden Online-Portalen (z. B. iBookstore von Apple oder Kindle von Amazon) zum Verkauf.

Einfach leicht ein Buch veröffentlichen: **www.tredition.de**

Eigene Buchreihe oder eigenen Verlag gründen

Seit 2009 bietet tredition sein Verlagskonzept auch als sogenanntes "White-Label" an. Das bedeutet, dass andere Unternehmen, Institutionen und Personen risikofrei und unkompliziert selbst zum Herausgeber von Büchern und Buchreihen unter eigener Marke werden können. tredition übernimmt dabei das komplette Herstellungs- und Distributionsrisiko.

Zahlreiche Zeitschriften-, Zeitungs- und Buchverlage, Universitäten, Forschungseinrichtungen u.v.m. nutzen diese Dienstleistung von tredition, um unter eigener Marke ohne Risiko Bücher zu verlegen.

Alle Informationen im Internet: **www.tredition.de/fuer-verlage**

tredition wurde mit mehreren Innovationspreisen ausgezeichnet, u. a. mit dem Webfuture Award und dem Innovationspreis der Buch Digitale.

tredition ist Mitglied im Börsenverein des Deutschen Buchhandels.

Dieses Werk elektronisch lesen

Dieses Werk ist Teil der Gutenberg-DE Edition DVD. Diese enthält das komplette Archiv des Projekt Gutenberg-DE. Die DVD ist im Internet erhältlich auf **http://gutenbergshop.abc.de**